ANTHOLOGY2 ONPARAD
果然我的
短篇
Anthology 2 onparade
ONPARADE

Contents

design: numata rina

八幡——
?
しらび
Shirabii

戸部淑
Sunaho Tobe

紅　緒
Beno

Illustrator's Profile

ponkan⑧／插畫家。負責《果然我的青春戀愛喜劇搞錯了。》、《學生會偵探桐香》、《SHIROBAKO》等作品的人設原案。（彩頁p1）

しらび／插畫家。負責《龍王的工作！》、《無彩限のファントム・ワールド》（KA Esuma文庫）、《86─不存在的戰區─》等作品的插畫。（彩頁p2-3，插畫p27）

紅緒／插畫家。負責《数字で救う！弱小国家》（電擊文庫）、《死黨角色很難當嗎？》、《持續狩獵史萊姆三百年，不知不覺就練到LV MAX》等作品的插畫。（彩頁p6-7，插畫p91）

戸部淑／插畫家。除了《人類衰退之後》的插圖外，另外負責《魔法氣泡》的角色設計、《Riviera～約束の地リヴィエラ～》的人物插圖等等。（彩頁p4-5、插畫p119）

Ukami うかみ／插畫家、漫畫家。作品有漫畫《青春おうか部》（電擊Comics EX）、《廢天使加百列》，另外負責《クズと天使の二周目生活》（GAGAGA文庫）的插畫。（插畫p183）

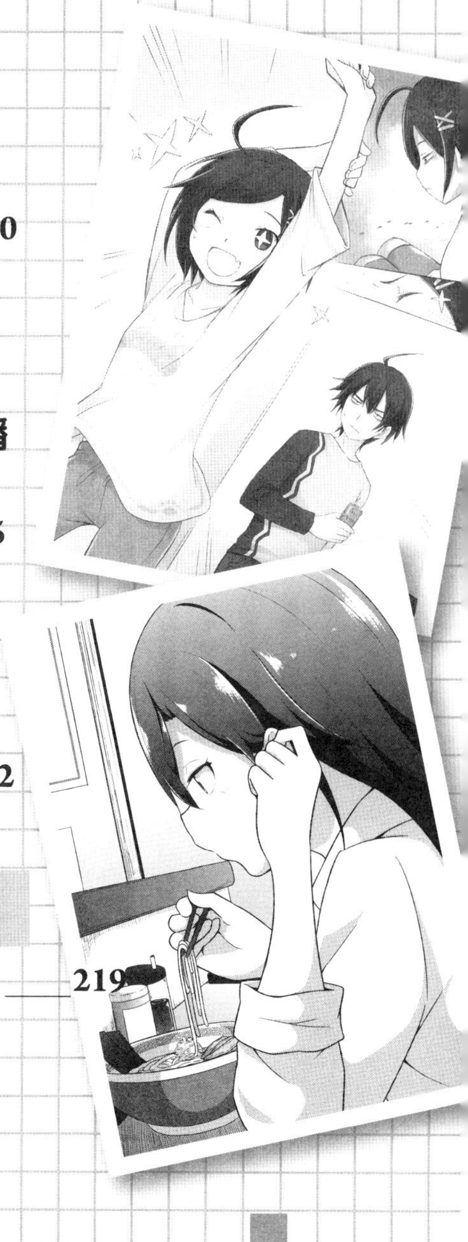

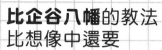

千葉的高位壓迫果然搞錯了。

白鳥士郎
插畫：しらび

「八幡——！」

天使在閘門後面對我揮手。

……咦？奇怪。

我今天應該是跟同班的男同學有約啊……怎麼有天使在？

我停下腳步揉眼。

……咦？奇怪。（以下無限輪迴）

「八幡——！我在這裡——！喂——！」

天使跳著對站在原地揉眼睛的我揮手。啊啊～我的心也在撲通撲通跳～

不對。

他不是天使。

而是我的同學——戶塚彩加。

「哇！好可愛的美少女……」

「是那個眼神很恐怖的男人的女朋友嗎？好扯……」

穿過閘門的人們對揮著手跳來跳去的戶塚投以驚愕及羨慕的眼神，然後看見我的臉，將疑惑及怨嘆的聲音砸在我身上。

戶塚彩加從肉體上來說是男性。

當然也可能是我誤會。證據就是來車站的人八成沒半個認為戶塚是男性，每個人應該都深信他是百年難得一見的美少女。

既然如此，戶塚已經可以歸類成女生了吧？

「八幡——！後面！後面塞車了啦！為什麼要站在閘門前發呆!?快過來！」

好，我要去了！收下吧!!

為了與天使見面兩秒就合體——不對，為了與天使會合，我調整好心情，朝他踏出一步。差點要去了……

我穿過閘門，微微對戶塚低頭。

「抱歉。我太晚到了。」

「沒有啦。你沒遲到。是我太期待跟你一起出門，早了一班電車過來！」

講完這句話，戶塚略顯害羞地「嘿嘿嘿」笑著低下頭。

「!?」

好險……

差點激動得抱住他跟他告白……

我望向旁邊，以免變紅的臉被他看見，開啟另一個話題。

「嗯，那個……就是，蘇我站原來變成這樣啦？」

「啊哈哈。很可愛呢。」

可愛……與否，每個人看法不同吧。

還沒穿過閘門，我就看到車站裡全是足球。

車站的牆壁上裝飾著寫滿留言的隊旗，到處都是足球隊的代表色黃色、綠色、紅色。

要說的話，JR車站裡面比較多枯燥乏味的灰色，蘇我站卻明顯不同。

連站內麵包店的阿姨都穿著黃色制服結帳，這副模樣再怎麼說都稱不上「可愛」。實在有種……被迫穿上的感覺。

而且我剛才從月臺瞄到，站前的圓環甚至立了一尊吉祥物的雕像。兩隻狗踢足球踢得不亦樂乎的雕像。

戶塚由下往上窺探我五味雜陳的表情，問：

「八幡……難道你第一次在蘇我站下車？」

喂……快要可以從你的上衣領口看見胸部了啦！我偷瞥了戶塚的胸口一眼，看著旁邊有點冷淡地回答：

「因為蘇我是連轉車都幾乎不會用到的中間站。而且我不太會在假日搭電車。」

「我參加社團活動的時候會坐電車。假日偶爾也會在車站和電車上看見穿制服的人。」

「嗯，因為離學校很近嘛。」

沒錯。

離總武高中最近的稻毛海岸站，跟蘇我站只有兩站的距離。

蘇我又只要五分鐘就能到千葉站，離東京站約四十分鐘，跟大都市圈也靠得很近，是內房線、外房線、京葉線、京葉臨海鐵路臨海本線這四條路線交會的總站。

基於它的地理位置，蘇我站周邊的這塊區域，聽說預計發展成繼千葉都心、幕張新都心之後的第三都心。第三新千葉都心。

……但這裡目前放眼望去全是工廠，感覺很冷清。

我和戶塚之所以來到平常不太會來，跟附近的親戚家一樣的蘇我站——

「謝謝你們今天願意過來。」

看見那位面帶清爽笑容靜靜出現的人物，我差點下意識「咦！」了一聲。

葉山隼人。

足球社社長，是把我和戶塚叫到蘇我站的人。

他平常是無論制服便服都能穿得很好看的現充……今天卻穿著幾乎整件都是黃色的足球球衣，脖子上也圍著類似黃色圍巾的東西。

以硬要說的話，感覺比較喜歡穿得樸素點的葉山而言，這身打扮非常高調。

「哇！葉山同學，你把球迷衣和毛巾都裝備上去了，全副武裝耶！很有球迷的感覺。不愧是足球社！」

「球迷……衣？」

「給球迷穿的球衣。」

葉山爽快地回答，又跟我說了一次「比企鵝同學，謝謝你今天願意過來」。

「嗯，我自己也很驚訝。」

我老實回答。

竟然要在體育場看足球比賽，超現充的行為。

那種活動都是派對咖湊在一起唱那首「ole」之歌（註1）對吧？一直我來我去，自我主張太強烈了吧？是「是我是我詐欺（註2）」嗎？到底多喜歡自己？

註1　指世界盃足球賽的主題曲《Ole ole ole ole we are the champion》。「Ole」為日文的「我」之意。

註2　電話詐騙手法，通常以「是我啦是我啦」開頭。

「因為ＪＲ東日本也是千葉隊的贊助商。」

「嗯？」

我跟不上忽然轉換的話題，回問道。

「你們剛剛在討論蘇我站對吧？」

「你聽見了？」

「沒有。不過我從氣氛感覺得出來。」

事情的起因是我和戶塚在討論假日要不要出去玩時，葉山不知為何跑來插嘴。

我有免費的入場券，一起去看足球吧，離學校也很近，一點都不可怕啦……我被他的花言巧語說服，所以這奇妙的三人組才會共同度過假日。

好吧，至少比被材木座或川什麼的同學纏上來得好……但可以的話，我想和戶塚兩個人一起去遙遠的地方。沒有任何人……只有我們兩個的場所……

因此，我現在心情非常複雜。

不過假如我一個人回去，就會留戶塚跟葉山兩人獨處……這樣葉山八成會喜歡上戶塚。世上不可能存在跟戶塚獨處時，還有辦法抵擋他魅力的人類。

戶塚不顧煩惱不已的我，帶著天真無邪的表情詢問葉山：

「對了，葉山同學，你為什麼叫我們帶保鮮盒來看足球賽？」

「到那邊就知道了。」

葉山露出神祕的笑容，走在我們半步前方帶路，往體育場邁進。

我真該在這個時候就發現的。

今天……不對，從邀請我們到體育場的那一瞬間開始，葉山就有點不對勁。

× × ×

車站到體育場似乎走直線就能到，可是有一段距離，所以我們三個邊走邊聊天。

然而，我們平常根本不會一起去某個地方，也沒有共通話題。

因此氣氛有些僵硬。跟在學校的體育課上踢足球時一樣僵硬。

「……話說回來，你們兩個平常會看足球賽嗎？」

葉山這問題感覺像硬擠出來的話題，戶塚和我分別回答。

「我只會看國家代表隊的比賽。世界盃每次都會讓人忍不住熬夜看耶！」

「我也只會看千葉銀盃。」

千葉銀盃如名字所示，由千葉銀行集團擔任冠名贊助商，是與世界盃和歐洲冠軍聯賽齊名的世界三大盃之一。

千葉和柏市的足球隊幾乎每年都會舉辦，分出誰才是千葉縣最強的最強決定戰。實際上可以說是世界最強決定戰，所以把它跟世界盃相提並論也很合理！

……我講了網路上常有人開的玩笑，葉山聽見我的回答卻兩眼發光，反應異常激動。

「你有看千葉銀盃嗎!?那你對千葉的選手也很瞭解囉？可以問你喜歡誰嗎？」

「利特巴爾斯基（註3）吧。」

「好厲害！比企鵝這麼久以前就在支持千葉隊啊？」

「呃，利特巴爾斯基是我出生前的選手耶。我只是隨便講一個聽過的球員……你要發現啊……」

今天的葉山有點太過主動，不如說會直接貼過來，我的諷刺和耍蠢毫不管用，很難掌握距離感。

順帶一提，利特巴爾斯基是二十年前以上隸屬於千葉隊的德國選手，網路上說他在日本退休後跑去當教練。第二位太太是日本人，記得是荻原健一的第一任太太。本人日文也講得很好。這部分是每位千葉縣民都知道的基本知識。

講到這邊，葉山終於發現我對看足球賽沒什麼興趣。

「難道……你討厭足球？」

「與其說討厭足球，不如說我討厭會在澀谷大吵大鬧的那種人。我能理解選手贏

註3　德國足球員，一九九三年加入千葉隊。

了比賽會高興，但其他人也跟著為這件事發瘋的心態就無法理解了，覺得給別人添麻煩也能得到原諒的想法則更是搞不懂。」

以前有位擔任國會議員，自稱自己長得像深田恭子的自戀女，在跟國內屈指可數的大型足球俱樂部的粉絲起衝突時，嗆過這句話。

『別把自己的人生強加在別人身上。』

真理經常出自於垃圾口中。

因為假如你對垃圾說的話有那麼一點贊同，由其他人口中說出來就更難反駁了。

因此，我也試著用非常尖酸刻薄的說法表達意見，然而——

「是啊。說得沒錯。」

想不到葉山竟然同意我的看法。

「雖然每個人喜歡足球的方式不同，我也不喜歡在體育場外面群聚，給其他人添麻煩的人，不想被當成跟他們一樣的球迷。」

「是嗎？」

「再說，我覺得看都不看國內球隊的比賽，只支持代表隊跟國外球隊很奇怪。正因為有國內聯盟這個讓選手能放心成長的環境，才有到國外挑戰的機會。你不這麼覺得嗎？今天是個難得的好機會，希望你親眼看看國內聯盟的水準有多高。有很多優秀的選手喔。」

「喔、喔……原來如此。嗯。我懂了。」

今天的葉山真的很難掌握距離感……

我將視線從葉山身上移開，環視周遭，有一堆衣服帶有黃色的人，正在朝同樣的方向前進。

宛如朝聖地耶路撒冷邁進的巡禮者。好啦，我沒看過巡禮者，不過應該差不多就是這種感覺。

我愣愣地看著那群人，像在自言自語似的說：

「黃色是千葉隊的粉絲……在足球圈是叫球迷（Supporter）對吧？」

「嗯。跟我們同方向的人大部分都是。不然在這一帶都是開車的。」

足球圈叫 Supporter，籃球圈叫 Booster。

根據葉山事先跟我說明的知識，看足球賽時，主要是靠拍手或配合太鼓的節奏唱叫做「應援歌」、「口號」的類似改編歌曲，幫喜歡的球隊加油。

在電視上看代表戰的時候，會聽見背景隱約有「喔喔～日本～日本～日本～日本～」像念經的聲音，那就是應援歌。

戶塚興奮地說：

「我在 YouTube 上找了應援歌聽，學了幾句來喔！」

「YouTube 上還有那種東西啊？」

我問，葉山再度激動地說明。

「是球迷團體錄起來傳到網路上的。因為支持球隊，終究只是球迷自發性的行為。戶塚學了哪首歌？」

「嗯──『共同──邁進吧──』那首。」

「〈奇異恩典〉啊。那是選手入場時唱的。」

我完全聽不懂他們在講什麼，但能聽見戶塚唱個幾句，真是太讚了。

儼然是天使的歌聲。

希望他在比賽開始前獨唱國歌的等級。

可是，要我唱歌就另當別論。我詢問葉山：

「一定要唱嗎？」

「視觀賽地點而定。有大聲唱歌會比較好的區域，也有太大聲會被嫌棄的區域。因為來看比賽的人各式各樣。」

唔。本以為會去體育場的人大多都喜歡熱鬧點，看來並非如此。

「球門後方是最熱情的區域，但那邊的人基本上都是全程站著，不方便觀賽，所以不適合第一次去的人。」

「不方便？為什麼？」

「足球這種運動，從橫向看的話兩隊的球門都看得見，從縱向看卻只能看見其中一隊的球門。」
嗅。原來如此。
「不過踢球的時候都是從縱向看，對我來說從這個角度看比賽也會有收穫。」
平常只會用電視看球賽的我，根本沒想過從哪個角度看足球賽比較好。
戶塚看著走向體育場的人，咕噥道：
「大部分的人都有帶應援物耶。我們在體育場會不會顯得格格不入……？」
「不介意的話，要不要我借你們？」
「咦!?可以嗎？」
戶塚發出高亢的聲音，眼睛閃閃發光，有如一隻樂得豎起耳朵的小狗。
可是。
在高興之前，我不知為何先起了戒心。
或許是因為葉山那句「要不要我借你們」……聽起來像在等待獵物落網的蟻獅。
開心得跟小狗一樣的戶塚，也因為其他原因面露憂鬱。
雖然我覺得是錯覺。
「啊……可是，這樣你不就沒應援物可以用了？」
「對啊。還是別跟你借——」
我話還沒說完，葉山就從包包裡抓出黃色球衣。

「放心。球衣我買了室內用跟室外用，守門員穿的版本我也買了室內和室外用，所以每年都至少會買四件。這很正常吧？」

「喔、喔……是喔。」

一件就夠了吧？

這句話差點脫口而出，然而其他人要在興趣上砸多少錢，外人不該批評。

如果小町在家罵我「哥哥，你看的輕小說封面都長一樣，買同一本書有什麼樂趣嗎？咦？這些全部是不同作品？」我也會不爽。

「有點太大件……怎麼樣？適合嗎？」

葉山的球衣對戶塚來說尺寸太大，因此他只是直接套在上衣外面。

戶塚「鏘鏘！」原地轉了圈。

「不錯啊？對吧，比企鵝。」

「嗯……太棒了！」

女生穿過大的棒球球衣等衣服時，有時會顯得異常可愛，戶塚現在就是這個狀態。

我那即將萌芽的對葉山的戒心，被球衣戶塚綻放的聖光燒盡。

戶塚很可愛，所以今天是戶塚紀念日。

× × ×

「哇！比賽還要兩個小時才開始，已經這麼多人在排隊啦!?」

我們抵達體育場，眼前是難以置信的隊伍。

真的假的……看這人數，差不多有一萬人吧？

葉山對驚訝的我們說：

「離比賽開始還有兩小時，但一小時前球員就會開始在足球場上練習。所以實際上已經是一小時前。」

「「？？？」」

他輕描淡寫地說出好像能理解又好像不能理解的道理，我和戶塚愣了下，因為「既然葉山這麼說，那就是這樣吧」的信賴感更加強烈，就沒再繼續追問。

「雖然要視體育場而定，想認真看球賽的時候在換日的瞬間就會有人來排隊囉。」

「喂葉山……要排進這個隊伍喔……？」

「不需要。想在最前排觀賽的話要排，不過今天我想讓你們體會一下體育場本身的氣氛。」

太好了……如果答案是要，我真的打算直接掉頭回家。

我用葉山借我的毛巾（我只借了毛巾。球衣我堅持不穿）擦拭冷汗，環顧會場，一股刺激食慾的香味乘風而來。

「兩位，進體育場前先填飽肚子吧。」

葉山事先跟我們說過「午餐在體育場吃吧」，所以我沒帶任何食物來，我卻對他的提議提不起興致。

「可是這種地方通常大多是價格訂很高，味道卻不怎麼樣的攤……唔…………!?」

身為CP值最高的薩利亞的發源地——千葉的居民，對食物的CP值抱持絕對不容許妥協的嚴格心態。

但有個東西能讓我頑固的心瞬間融化。

那就是——

「勝浦擔擔麵！那不是勝浦擔擔麵嗎！」

竟然連聞名全國的B級美食勝浦擔擔麵都來擺攤，不容小覷啊。

雖說最近千葉市內也吃得到勝浦擔擔麵了，那可是鮮少有機會給勝浦市民以外的人吃到的夢幻拉麵……逐漸後悔到這邊來的我也迅速興奮起來。勝浦擔擔麵的潛力就是這麼厲害！平塚老師看見可能會噴鼻血。

葉山連每家攤販都瞭若指掌。

「那家店的串燒是用從鴨川直接送來的海鮮做的，那家店每次都會賣拿千葉特產當料的炒麵。全是在美食節得過獎的實力派。」

「我還以為跟祭典攤販一樣……結果這麼正式？」

「因為最近體美食的競爭也很激烈。」

補充說明一下，體美食是「體育場美食」的簡稱。

我走近攤販觀察。

「哇！這個好可愛。」

戶塚發現做成似笑非笑的狗臉形狀的大判燒，忍不住尖叫。

可愛……嗎……？

「傑菲燒的外型仿照千葉隊的吉祥物，是很受歡迎的商品，有紅豆、巧克力、卡士達三種口味。得花一段時間才能烤好，最好趁現在還沒有太多人在排隊的時候買。」

葉山冗長又瑣碎的說明，也因為大判燒的狗臉笑容完美中和了它，因此我不怎麼介意。

「嗯～口味有三種啊。好煩惱……」

戶塚皺眉沉吟，轉頭問我：

「八幡喜歡哪種口味？巧克力？卡士達？」

「你…………紅豆吧。」

我將「我喜歡的是你！」這句話吞回去，不小心點了沒多喜歡的紅豆口味。帶回家給小町好了……

「葉山，你推薦的是哪攤？」

「這個。」

葉山從包包裡拿出巨大保鮮盒，敲了下秀給我看。

呃，我不懂你想表達的意思耶？

他踏著輕快的步伐走向鐵板上堆著一座小香腸山的攤販，請店家裝滿整個保鮮盒，走回這邊。

「那攤『喜作』如果自備保鮮盒過去，店家會幫你裝到滿。很棒吧？」

呃，這也裝太滿了吧……跟棒球社便當裡的白飯一樣塞得密密麻麻……小香腸看起來像飯粒……

買到笑臉狗的大判燒，樂得瞇起眼睛的戶塚，立刻瞪大眼睛。

「哇。所以你才叫我們帶保鮮盒來。」

「戶塚有記得帶保鮮盒對吧？要不要去買一下？」

「有呀。可是我吃不了那麼多……」

「那比企鵝呢？」

「呃……那個，我忘記帶了。」

「不是真正的保鮮盒也沒關係。你看，也有人用裝三明治的盒子代替。」

「真熟練……」

經驗豐富的球迷去對街的購物中心購買附盒子的輕食，用空盒裝了快要滿出來的小香腸，淋上大量的番茄醬。

「可是機會難得，我要選擇這紅通通的勝浦擔擔麵！」

我用這句話擺脫纏人的葉山，走到擔擔麵的攤販前排隊。

勝浦擔擔麵也很受足球粉絲的歡迎，必須按照順序等待。

然而，光是聞著勝浦擔擔麵特有的那種麻油系擔擔麵無法提供的辣油香……溫暖在港都勝浦工作的漁夫漁女身體的深紅色湯頭的芳香，排隊時間一轉眼就過去了。

「這就是勝浦擔擔麵嗎……跟寶石一樣！」

充滿大量辣椒及辣油的湯頭，在戶外看起來如同紅寶石般閃閃發光。

先從湯開始品嘗吧……

我慢慢吸吮裝在廉價塑膠容器中的寶石。

「!?比想像中還辣……不過，好吃!!」

完全不像麻油系那麼溫潤。毫不妥協的辣度刺痛舌頭。強烈的美味伴隨那股刺激炸裂！

我瞬間成為勝浦擔擔麵的俘虜，專心吃著麵。很辣，所以沒辦法一口氣吃下去！可是好好吃！

在我沉迷於擔擔麵之時，附近忽然變吵了。

「………嗯？」

有人在用擴音器演講。

我望向聲音來源，一名長髮大叔……不如說是已經邁入初老的男子，握緊擴音器站在梯凳上，針對今天的比賽發表「絕對不能輸」、「拚命聲援吧」之類的演講。

旁邊還有個用安全帽和圍巾遮住臉，打扮得像革命家的人。

基本上跟祭典一樣的會場中，只有那塊區域氣氛特別凝重。那是所謂的球迷騷亂嗎？

「他們是核心球迷。」

葉山以驚人的速度吃完多到讓人覺得無窮無盡的小香腸，不知何時走到吃擔擔麵的我旁邊。

「是在球門後面負責管理應援行為的人。他們不會使用暴力……但比企鵝感覺就不太喜歡那種調調吧？」

「老實說，沒錯。讓我有種『有這麼多吵死人的人啊……』的感覺。而且應援行為不是該被人逼著做的吧？」

「你講話真不留情。」

葉山苦笑著說。

「可是如果你要這樣說，侍奉社的活動不也跟那差不多嗎？」

「不一樣。」

「哪裡不一樣？」

「我們是被平塚老師逼的，你們是自願這麼做的吧？」

「呵呵。你這人……講話真的很不留情。」

葉山臉上掛著笑容，眼中卻不帶任何笑意，跟剛才判若兩人。

戶塚敏銳地察覺到這一點，指向稍遠處的地方問：

「葉、葉山同學，我問你喔！聚在那邊的人在做什麼!?」

「那是……在等遊覽車。」

「等遊覽車？」

「他們要迎接球員坐的遊覽車。比賽開始前就為球員打氣，提升他們的鬥志。」

竟然做到這個地步。

偶像圈中好像也有「出待」、「入待」（註4）這種名詞，我倒沒聽過在遊覽車外面聲援的。

註4 等待偶像出場、進場的意思。

「哦──有用嗎？」

我懷著些許惡意回問，出人意料的是，葉山詳細地為我說明。

「踏進足球場後，選手的注意力會全放在球上，聽不見加油聲。不過坐遊覽車的時候還有空看外面，所以有人覺得在車外聲援的效果反而比較好。」

「……想得還真多。」

「因為球迷也只能動腦子想了。這是他們的辛酸之處。」

這句話讓我覺得他怪怪的。

葉山本人也有在踢足球，應該是滿厲害的球員。就算沒到葉山這個程度，踢過足球的人照理說都會想拿自身經驗當例子才對。例如戶部。

不過，葉山始終站在旁觀者的角度訴說。異常睜謀，卻是從旁觀者的視角出發。絕不動搖。

簡直像……我在學校的立場。

不久後，遊覽車似乎來了，聚集在一起的球迷集團的吶喊聲，如遠雷般響徹四方。

「他們在喊什麼？」

葉山看著遠方，簡短回答戶塚的問題。

「ＷＩＮ　ＢＹ　ＡＬＬ。」

× × ×

我們穿過入場閘口，踏進體育場，裡面是另一個世界。

「喔喔……！」

我下意識驚呼出聲。

鮮豔的綠色球場，以及看起來比想像中還近的藍海。

再加上體育場是缽形結構，讓人覺得自己所在的位置出乎意料地高。

我感受著強風撲面而來，忍不住咕噥道：

「……怎麼這麼陡？」

「嗯、嗯……有、有點可怕……耶？」

戶塚在我耳邊輕聲說道，然後用小小的手指抓住我的袖子，露出惹人憐愛的笑容。

「不過有八幡陪在我身邊，所以我不怕！」

……足球太讚了吧？要不要買季票呢。

葉山幫我們占了三人位，問：

「怎麼樣？第一次到體育場的感想是？」

「（戶塚）太棒了。（戶塚）有夠讚。」

「聽你這麼說，不枉費我邀請你來。」

葉山看起來很高興。太好囉！大家都很幸福！

我坐到位子上環顧體育場，立刻發現異狀。

「喂，葉山。正面看臺怎麼都沒人……」

「喔。千葉把正面的座位價格設定得有點高，所以大多都會在後方看臺區觀賽。今天人還算少的呢。」

「這樣叫少……？」

我們所在的後方幾乎被擠滿了，而且觀眾仍在陸續進場。人會變得更多，讓我跟戶塚緊貼在一起嗎……讚。

「喔。那人是不是戶部？」

我在球場角落發現一群人穿著熟悉的制服，在裡面看見一個認識的人。對方似乎也發現我們了。

戶部翔。跟葉山一樣是足球社，經常和他混在一起的成員之一。

「隼人——！喂——！耶嘿——！」

給人一種輕浮感的戶部邊跳邊耶嘿叫，朝這邊揮手，葉山只是苦笑著輕輕舉手回應他。

不只戶部，其他足球社社員也對葉山揮手或低頭致意。

「那是我們學校的足球社對吧？他們為什麼在球場裡面？」
戶塚問道，葉山回答：
「縣內的足球社社員會輪流在比賽時幫忙。撿球或搬擔架之類的。」
「哦──！好好喔，可以參與職業選手的比賽！如果網球社也有就好了。」
不愧是對網球著迷到特地去網球教室打球的戶塚，他好像非常羨慕能跟職業選手交流的機會。
我提出內心的疑惑：
「你不去找他們嗎？」
「我國中就經歷過了。再說，這種事最好趁低年級的時候體驗。因為跟職業選手站在同樣的球場上，大多能提升參加社團活動的幹勁。」
葉山的回答堪稱標準答案。
簡直像事先想好的，沒有一絲讓人反駁的漏洞。雖然葉山平常就是完美的人，不知為何，今天他這麼無隙可乘，反而讓我很在意。
選手在球場內練習完後，開始舉辦賽前的各種儀式。
縣內自治團體的大人物上臺致詞。捐贈特產。
在贊助商企業的年輕社員主導的應援練習上，整個觀眾席的人都在甩動毛巾，將體育場大部分的區域染成黃色。挺壯觀的。例如興奮地揮舞毛巾的戶塚。

每項表演都很豪華，氣氛熱鬧得令人驚訝。

害我下意識覺得不對勁。

最後，兩隻狗型吉祥物（布偶裝）牽著年紀差不多是小學生的孩童，朗讀公平競賽精神。那孩子精神百倍地這麼說：

『我出生後千葉隊從來沒晉級過，希望今年一定要晉級！』

這個瞬間，熱鬧的體育場被沉默支配。小孩子率直的話語，總是會深深刺痛大人的心……

而且看到年紀跟千葉待在乙組（註5）的時間一樣長的小孩，球迷在開賽前好像就受到了心靈創傷。千葉隊球門後方的那群一直加油得很大聲的球迷，稍微變安分了……不如說變消沉了。

「葉山？」

「嗯？」

「為什麼千葉回不到甲組？」

我開門見山地問。

沒錯。千葉在國內聯賽不是甲組，而是乙組的球隊。

註5　日本職業足球聯賽分為甲級、乙級、丙級聯賽，各級之間設有升降級制度。

我察覺到的異狀就是這個。

明明是乙組，為何這麼亢奮？

「如果是我自以為是的想像，先跟你道歉，千葉應該更強吧？今天來體育場的觀眾也很多，都有JR當贊助商了，資金來源應該也很充足。連更鄉下的地方，感覺沒什麼錢的球隊都在甲組不是嗎？為什麼——」

「是啊。以前千葉的確也很強，在國內聯賽甚至是最強的。雖然是多虧來自東歐的某位名將的力量。」

「葉山同學，你說的是那個還當過日本代表教練的——」

「……他的名字我就不說了。講出來會產生留戀。千葉必須懷著驕傲邁向前方，而不是緊巴著過去的榮光不放……」

葉山說的是誰，連不懂足球的我和戶塚都大概想得到。

因為我小時候……是足球風氣在千葉非常盛行的時期。

正因如此，葉山這種「校內運動神經最好的人」和戶部那種「校內最輕浮的人」，才會都加入足球社吧。

社團也有階級制度。

其中足球位在最頂端。做為上級國民葉山加入的社團，可謂完美無缺……雖然葉山本人應該完全沒考慮這些，純粹是喜歡踢足球吧。

葉山隼人深愛著足球。

因此，與足球有關的所有事物，對他而言應該都是珍貴、特別的。

就算是我和戶塚能輕易叫出的名字，對葉山跟聚集於此地的自稱球迷的人來說，肯定是不能隨口說出的重要存在。想要靜靜收藏在心中的珍寶。

恐怕是過再久都不會褪色，甚至如同戀情的存在。

可是這樣的話，對我而言折本就是……嗯……我只是因為很煩才不想說耶……

因此我也沒說出那名選手的名字，轉換話題。

「今天的對手是……岐阜嗎？是怎樣的隊伍？」

我連岐阜在哪都不太清楚。呃……是名古屋縣的殖民地？

「嗯，很難稱得上強……吧？」

不會傷害任何人的形容，很符合葉山的作風。

「從來沒升上甲組。每年都會在乙組爭奪最後一名，目前的排名也是墊底。不過，他們的踢法很有趣。雖然不久前換教練後，好像就換成走現實路線了。」

「實力弱還能踢得有趣？」

「貫徹理想的足球……我不知道這樣形容貼不貼切，總之他們經常傳球，是很像足球的足球。看了你一定就能明白。」

「哦——？」

像足球的足球啊。

「那也有不像足球的足球囉？」

「你真的是……特別會戳別人的痛處。」

葉山面露苦笑，眼中卻不帶笑意。

他接著舉例說明「不像足球的足球」。

「派一堆人堵在球門前，守得密不通風，一搶到球就直接長傳到對手的球門前。一搶到球就趁對手陣型還沒重整前殺向球門。看了大概也不會有趣。」

「我覺得很合理啊。」

讓人擋在球門前就絕對不會被得分了吧!?外行人應該都有過這種想法。

戶塚默默聽我們聊了一段時間，邊吃洋芋片邊問：

「葉山同學，那千葉用的是什麼戰術？」

「高位壓迫。」

「高位……壓迫？」

陌生的詞彙令戶塚「唔咦咦？」納悶地歪過頭。唔咦咦……好可愛喔……

不不不。高位壓迫是什麼東西？

「把防線推前。也就是將防守的戰力也統統挪去進攻的戰術。」

嗯……

相當刺激中二魂的戰術。名字也很有科幻小說名作的感覺。

「只不過，這個戰術想用得好需要各種條件，風險也非常大。所以現在是被封印的夢幻戰術。剛開始用的時候挺受到矚目的，成果也不錯，但對手一採取對策，經常就會失敗。」

「我對足球的戰術不熟，不過——」

我先給他打了一針預防針，才說出自己的看法。

「總之先在敵方的球門前塞一堆高大的球員，不是會比較有利嗎？像籃球那樣。」

「試過了……」

「試過了呀……」

臉上瞬間綻放笑容的戶塚，發出嘆息般的聲音。

「他們從北歐找來身高二零四公分，聯盟史上最高的外國選手，讓他站在球門前面。」

身高超過兩公尺，又是從北歐來的，光聽這個條件就好興奮。我好奇地問：

「順便問一下，當年的名次是？」

「第六名。要前三才能晉級……」

根據葉山的說明，那位選手剛開始狀況是不錯，之後因為受傷的關係就踢不好球了。要不要再試試看？

這次換戶塚提議：

「那乾脆直接豁出去，連續幾年都委託同一位教練如何？」

「試過了……」

「這也試過了呀……」

戶塚露出悲傷的眼神低下頭。

過去一看成績不好就瘋狂辭掉教練的千葉隊，終於發現這樣下去不行，請來看似頗有前途的教練，基於培養人才的心態讓他帶了幾年隊。

「那名次如何？」

「第三名↓第九名↓第十一名。」

「反而愈變愈差耶。」

「第三年途中果然還是換教練了……」

順帶一提，足球界當中好像有「教練解雇加持」這個解雇教練後，成績會暫時提升的神秘法則。信不信是您的自由。

不過，既然換教練也沒用——

「都做到這個地步還沒救，乾脆把選手統統換掉試試看？」

「咦咦!?八、八幡……再怎麼說這也太不講理了吧！足球是團隊競技喔？這樣隊伍會整個散掉啦！」

「試過了……」

「這也試過了嗎……」

戶塚的表情超越傻眼，甚至透出一絲憐憫。

雖然是我自己提出的主意，要是把成員全部換掉就能改善現狀，每支隊伍都會瘋狂換人吧。

「足球是一隊十一個人的競技對吧？連九人一隊的棒球都那麼重視團隊合作了。我不認為短期內有辦法加強這個部分。」

「在這方面，他們當然也考慮了對策。」

「哦？什麼對策？」

「似乎是想藉由貫徹『如果是實力相等的選手，選擇比較愛千葉的那一個』這個強化方針，彌補隊員間的默契不足。」

「去用ＭＡＸ咖啡洗把臉再來啦。」

如果對千葉有愛、球技就會變好，**Jaguar** 先生（註6）先生都能當上Ｊ聯賽的簽約球員了。加油！加油！千葉！

想不到主意的我，帶著些許自暴自棄的心情說：

註6 千葉的知名音樂人、當地藝人、實業家。

「那我看只能那樣了。從改變食物下手怎麼樣？」
「那個也。」
「已經試過啦……」
重複的對話。惡性循環。連戶塚的語氣都不再驚訝。
「所以？怎麼個改變法？從吃飯換成吃麵包之類的？」
「統統換成糙米。」
「他們是想跟篠田麻里子結婚嗎？」（註7）
糙米婚在前陣子蔚為話題。
以糙米為契機的邂逅挺有衝擊性的，這段婚姻給了所有吃米的人希望。我也每天都會吃白米，所以可以跟吃白米的藝人結婚對吧？不可能？是喔。
「那結果呢？」
「哎，對部分選手似乎有效果，可惜對名次的影響不大，所以現在恢復原狀了。」
「這樣啊……這個結果比你跟我說『超級有效』還能讓人接受。」
「移籍的選手在其他俱樂部也會幫忙推薦吃糙米，可以說是唯一的救贖……」
「單純只是被人拿來當笑柄吧？」

註7　前AKB48成員篠田麻里子及其丈夫都吃糙米長大。

人稱糙米法師的那位教練，在第三年的第四場比賽前後被炒魷魚，結果掉進乙組時的教練又回來帶隊，似乎就是現在的狀況。

這就是千葉十年來的軌跡。

換教練、換前線工作人員、換選手，連食物都換了。

仍舊拿不出成果。

「我……一直在思考，如何取回千葉破壞掉的東西。不過——」

苦惱的葉山擠出聲音說道。

「……最後，還是會回到同樣的場所。」

巧的是，跟連接內房線和外房線的蘇我站一樣，這棟體育場似乎也受到圓環之理的支配。

×　×　×

開球的瞬間比想像中還無聊。

「咦？已經開始了嗎？」

比賽開始前，雙方的球迷就一直在跳來跳去聲援，因此沒什麼「比賽開始了！」的感覺，而是「啊，在踢球了」。

主場千葉隊的聲援聲量遠勝對手。

岐阜的應援團也在靠少數菁英努力，但終究是地方的下級俱樂部，在各方面都看得出他們心有餘而力不足。

可是說到最重要的比賽內容——千葉跟岐阜都差不多。

千葉持球時間比岐阜長，卻一直在傳球，不肯射門。

岐阜只會守在球門前，抵禦千葉的攻擊。本以為是想伺機反擊，搶到球之後選手的動作卻很遲緩。

賽況僵持不下，可是劍道也就算了，足球的賽況僵持不下也一點都不有趣。

開賽前葉山說的「不像足球的足球」於眼前展開，使我不禁苦笑。

起初高興地歡呼「哇！」「衝啊衝啊——」的戶塚，也從途中開始就不再說話，最後甚至都在看於後方看臺聲援的球迷，而不是比賽。

「球迷真努力。兩邊都一直大喊……好厲害。」

戶塚說得沒錯，聲援聲量很厲害。

體育場的氣氛很棒。演唱會般的魄力。

但這反而讓賽況顯得更加空虛。兩隊都不停回傳，都攻到球門前了，依然遲遲不肯射門。

周圍那些看起來很和善的觀眾，三十分鐘過後也開始不耐煩，加油聲逐漸消失，怒罵聲及噓聲四起。

「搞什麼鬼啊!?」

「不射門哪贏得了!!」

上半場結束的哨聲響起，來自觀眾席的怒罵，如秋雨般朝著離場的選手降下。

×　×　×

「…………看完上半場的感想如何？」

宣布上半場結束的哨聲響起後，過了一會兒，葉山硬擠出這句話。

用來替換球員的選手現身於球場上，在為下半場的比賽練習。

「嗯……」

戶塚思考著該怎麼回答葉山的問題。這個反應就已經是回答了。

我直接將內心所想說出口。

「老實說，很無聊。」

「八、八幡……」

戶塚不知所措。比起比賽，我更想一直看戶塚。那是我真正的心情。不知所措的戶塚超讚。

「我不太喜歡邊看運動比賽邊抱怨。再努力一點？選手肯定比觀眾更努力。讓我看看你們的感情？想看表現感情的運動，給我去看花式溜冰或韻律體操。我是這樣想的。」

一口氣說完後，我接著說道：

「可是剛才的比賽，我根本看不出兩隊想做什麼，那不是有領薪水的職業球員該有的表現。我有說錯嗎？」

「…………不。你說得對。」

我知道自己看免錢的比賽還講這種話太自以為是，葉山卻誠懇地承受住我的話語。

他一定有比我更多的意見。

但這傢伙還是在努力為千葉隊說話。

「千葉隊背負著在主場不能輸給最後一名的壓力。所以為了不白白浪費機會，會等到決定性的那一刻才射門。不過猶豫反而害他們喪失了射門的機會。」

「惡性循環……」

戶塚顯得很難過。難過的戶塚超級可愛，看到那樣的戶塚，是上半場唯一的收穫。

平常光這樣我就很滿足了……但可以的話，我還想看見為千葉隊的勝利歡呼的戶塚。

「葉山，怎麼做才能打破這個僵局？」

「換掉動作遲鈍的選手，從陣型本身下手是最快的。」

「原來如此。」

「可是上半場的賽況雖然無聊，卻是由千葉掌握主導權。所以很難判斷該更換哪個部分，再說，連該不該在這個時機換人換陣型都是個問題。也不知道現在的教練有沒有能力做出判斷……」

葉山擔心的事發生了。

先有動作的，是透過上半場的比賽意識到自己占下風的對手。

「!?喂，岐阜隊到了下半場動作怎麼突然變俐落了？」

「八幡說得沒錯！為什麼!?」

下半場開始的哨音響起的瞬間，千葉就面臨危機。

明明上半場千葉還略勝一籌啊……？

坐在位子上觀察危機的葉山，以平靜卻有把握的語氣說出答案。

「……是位置。」

「咦？」

「岐阜下半場換戰術了。看，剛才有三個人守在最後，現在變成四個人了對吧？」

經他這麼一說，的確，岐阜的最終防線是由四個人排成整齊的一條線共同行動，輕而易舉從千葉隊前鋒的腳下將球搶走。

接著乾脆地把搶來的球傳到前線。之前只會橫向移動的球，變得會縱向移動了。

「改變防禦陣型……能加強攻勢嗎？」

「足球的攻擊從防守方搶走球開始。也有這種看法。」

「……原來如此。『防守是攻擊的第一步』的意思。」

這想法挺有趣的。

這樣的話，也可以理解為何雙方上半場都不怎麼射門了。

那是在敵陣防守。

聽見葉山的說明，戶塚困擾地垂下眉梢問：

「可是……那千葉隊該怎麼辦？」

「不好說。」

葉山抱著胳膊沉吟。

「最好的方式我也不知道。不過，千萬不能——」

這個瞬間。

劃破空氣的尖銳笛聲響起。

「糟糕！我才剛說……！」
葉山屁股從座位上抬了起來，放聲大叫。
好像是岐阜隊的前鋒抓準千葉隊防線露出破綻的瞬間，殺到球門前時，千葉隊的選手撞了他。
「咦？發生什麼事？咦……？」
注意力都放在跟葉山談話的戶塚，似乎漏看了那一刻，有點恐慌。
「咦!?犯規!?千葉嗎？」
「嗯。阻止得分……岐阜的前鋒在無人防守的狀態下來到球門前，那位球員從後方干擾了他。裁判一定會發牌。問題是發哪種顏色的牌。」
體育場內鴉雀無聲，彷彿剛才的喧囂從未存在過。
然而，看見裁判舉起的牌子是什麼顏色，狀況瞬間一變。
「直接發紅牌!?」
「主審搞什麼鬼!!有沒有長眼睛啊!?」
一直乖乖坐著觀賽的後方看臺區觀眾同時起立，用噓聲和指笛跟裁判表達不滿。
千葉隊的選手也圍住裁判激烈抗議。連教練都指著主審舉起的紅牌，對附近的副審怒吼。理應要在旁邊負責抬擔架的戶部也嚷嚷著「喂！不是吧——!?」跟教練一起對裁判抗議。你小心被趕出去喔。

主審卻置之不理，沒有要改變判決的跡象。

「裁判有問題嗎？」

「……不。那是正當的判決。」

葉山的語氣冷靜得嚇人。

「那是千萬不能採取的行為……但在那個狀況下是必須的。因為不這麼做對手一定會得分。」

「你這句話真可怕。意思是叫人歡迎違反規則囉？」

「那就是足球。違反規則也是規則之一。我相信你懂吧？」

「……」

說實話，今天我對葉山徹底改觀了。

與此同時，對足球也徹底改觀了。

因為，必須在熟知規則的前提下違反規則……跟我至今以來的所作所為如出一轍。

我對於這個事實抱持難以言喻的情緒，戶塚則跟我形成對比，只顧著為千葉隊擔心。

「欸欸！裁判舉牌了耶!?紅牌耶!?之後會怎麼樣!?」

「一人退場，千葉要靠十個人繼續比下去。」

「那不是超不利的嗎!?」

「是啊。不過，這樣比賽終於會變有趣了吧？」

「咦……？」

戶塚感到疑惑。

葉山這句話的真意，很快就反映在球場上。

觀察狀況的我，如此形容眼前全新的攻防戰。

「……沒想到比賽變得挺精采的耶？」

「少了一個人，整個千葉隊的精神都統一成『戰況對我方不利』。之前混雜著『我們占上風』和『勢均力敵』這兩種，所以攻守交替時無論如何都會產生時間差。現在卻不會。」

「就是在瞧不起岐阜囉？」

「你真的都不斟酌措辭的。」

葉山苦笑著用這句話表示肯定。

然而——

「竟然還有人數變少，賽況反而會變得更有利的時候……」

「很有趣吧？比起精神不統一的十一個人，精神統一的十個人更強。」

「嗯……有趣。」

不行。我愈來愈喜歡足球了。

在綠色草坪上進行的，是一場大規模的實驗。類似於用人下的西洋棋。

沒錯。西洋棋。

既然如此……戰鬥的結果不言自明。儘管千葉看起來暫時壓制住了對手——

「可是……這樣下去贏不了。」

「你總是在最短的時間內看穿本質。沒錯……這樣下去贏不了。」

聽見我和葉山這麼說，戶塚一臉驚訝。

「咦？為什麼？」

「冷靜一想就知道，岐阜比較有利。」

單純的計算問題。

「千葉靠統一精神變強了。那岐阜也統一精神不就得了？」

「要怎麼做？」

「喊出來就好。像那樣。」

我指向球場。

手臂上戴著黃色隊長標誌的選手，從最後方高聲呼喊。

岐阜那因為過於亢奮而缺乏統一感的陣型，再度凝聚起來。千葉的攻勢立刻減緩。

「比企鵝說得沒錯。溝通不足可以靠那種方式彌補，少掉的選手卻無法補充。」

「那、那葉山同學！該怎麼做才好！」

「…………」

葉山陷入沉思，閉上眼睛。

不久後，靜靜、緩緩地睜開眼。

眼中閃爍著異樣的光芒。

「……我覺得，果然該再試一次高位壓迫。」

「葉山。」

「不是嗎!?高位壓迫可是理論上最強的戰術！攻擊就是最好的防禦，這個道理連小孩都明白吧!?你也明白吧!?」

激動的葉山帶著明顯失去理智的表情，向坐在後面的親子的小孩子徵求同意。

那個小孩嚇得要命。我想也是。

「冷、冷靜點，葉山同學！」

「對啊葉山！這樣真不像你會做的事——」

「不像我會做的事？你又懂我什麼？」

葉山露出冷笑，接著熱情地訴說：

「亂來又怎樣!?再怎麼被其他人否定，都不會放棄挑戰，那就是千葉的驕傲吧!?

奧西姆（註8）傳承給我們的精神，不就是這個嗎!?」

你把奧西姆的名字說出來了啊……

葉山隼人什麼都不缺。

本人雖然表示否定，無論是選手還是前線工作人員，他應該都能拿出水準以上的成績。

想讓千葉再度奪冠，也不是不可能。葉山隼人就是如此優秀。

他卻沒有這麼做。

能當上主角的男人……沒拒絕擔下這個職責的男人，在體育場裡選擇只當區區一個路人。即使是簡單的協助比賽進行，都堅持不插手。

正因如此，才會這麼狂熱。才會這麼渴望。

正因為遇見了單靠自己一個人的力量無能為力的事物，葉山才有辦法認真到這個地步吧。

有這樣子的對象……我甚至開始羨慕他。

「不……不對。不只葉山……」

註8 伊維卡・奧西姆，二〇〇三年受邀擔任千葉市原隊的教練，二〇〇五年率領隊伍奪得史上第一個日本聯賽盃冠軍。

「八幡……？」

我下意識喃喃自語。旁邊的戶塚擔心地看著我。感覺到他的視線落在臉頰附近。有種臉頰在被人戳的感覺，好舒服……

對自己以外的人抱持期待。

世上存在全心全意為他人聲援，不求回報的人們。

我有點期待這個名為體育場的空間，會幫我否定從我過去的人生經驗得出的結論。

不對。

這是第一次來體育場的我自私的妄想。僅僅是「但願如此」的希望。把自己的願望強加在別人身上是不對的。現在正在加油的人，輸掉的話肯定會對選手們破口大罵。跟聚集在澀谷路口的集團一樣，追求勝利快感擅自興奮，完全沒考慮到選手的心情，不負責任地大叫「一定要贏啊」。

在我如此心想的瞬間。

「嗯？這首歌是……？」

面臨最大危機的千葉隊的球迷選擇的應援曲——不是激情的歌，也不是節奏輕快的歌。

那首歌化為平靜的旋律傳入耳中。

我在前往體育場的途中，得知它的名字。

「奇異恩典……」

不是戰鬥——而是祈禱的歌。

無論面臨多麼艱難的道路、多麼痛苦的時間，都要共同邁進。

無論現在處於什麼樣的狀態下，都不會移開目光。

或許他們在戰力及戰術上累積而來的東西都崩潰了，失去優勢。

或許他們在乙級聯賽這個類別裡，連驚人的資金都失去了。

即使如此。

還是有一個絕對不會消失的東西。

就是……絕對不會忘記的回憶，以及榮耀。

將懷著熱情尊嚴持續戰鬥的決心，透過平靜旋律唱出來的人們。

那個存在本身就是奇蹟。

它在球場上又製造出了另一個奇蹟。

「!?八幡……你看！八幡!!」

「那、那是……!?喂葉山！那到底是什麼狀況!?」

「防線……在往前推……？」

葉山瞪大眼睛，彷彿看見難以置信的畫面，搖搖晃晃地站起來。

其他觀眾也一個個起身，我和戶塚也站了起來。

為了親眼見證球場上的「奇蹟」。

「八、八幡……這是……這是……!!」

「嗯。這大概就是──高位壓迫！」

不會錯。

我正在見證奇蹟。遭到封印的夢幻戰術。

宛如在白天現身的龍，防線強勢地在球場上不斷推進。以彷彿有生命寄宿在其中，擁有自身意志的動作。

連守門員都離開自己該防守的球口，前進了一大段距離。

穿過禁區，移動到近乎中線的地方。

再怎麼說也太前面了。

守門員背後是廣大的綠色草皮。空無一人的空間。

「這……真的是足球嗎……？」

戶塚還不敢相信眼前的畫面，不安地揪住我的衣服。我也還不敢相信……這麼可愛的人竟然是男生……

「WIN　BY　ALL!!WIN　BY　ALL!!」

帶頭喊口號的人握緊擴音器，在後方看臺炒熱氣氛，整座體育場以此為爆炸中心，劇烈震動。

這個時候我才知道，人類的聲音有辦法製造出如此劇烈的震動。

球迷的聲音撼動空間。

以及……人心。

「這樣才是千葉！我們的驕傲！」

「共同奮戰吧！無所畏懼！」

周圍的觀眾也明顯情緒激動。

他們將毛巾高舉在頭上站起來，一個個加入〈奇異恩典〉的大合唱。

戶塚也在唱他剛學會的應援歌。

葉山則邊哭邊唱。

眾人的歌化為力量，給予千葉的選手一對翅膀！

「好厲害……！好厲害喔八幡！跟上半場比起來，簡直是不同的球隊！」

「嗯！千葉徹底壓制住岐阜了！」

這才是千葉真正的力量嗎？

明明人數比對手還少……看起來卻有比對手更多的人在踢球。整個把岐阜壓著打。

葉山揭露這個魔術的手法。

「藉由讓守門員一起傳接球，彌補人數不足。這就是高位壓迫的價值所在。」

「！原來如此……所以守門員才會跟著跑到那麼前面。」

至今以來，我一直以為守門員只會站在球門前。不用動就行，是最輕鬆的位置。所以體育課上足球的時候，我也都自願擔任守門員……不過看到千葉隊的守門員，我的既有觀念遭到粉碎。

他的位置大幅超出禁區，不能以手觸球，因此是用頭槌撞球。踢角球的時候還會衝到敵人的球門前爭取得分機會，同時兼任守門員及前鋒。比球場上的任何人都忙。

葉山興味盎然地看著被守門員的動作奪去目光的我，說：

「比賽開始前，你覺得我連守門員的球衣都有買，很奇怪對吧？」

「呃，那是……」

「現代足球中最需要技術的，無疑是守門員。正因為有那名守門員在，千葉隊才能選擇高位壓迫這個戰術。」

看見獨自穿著跟其他人不同色的球衣，比任何人都還要自在地於球場上奔走的身影，我很能體會葉山想要守門員球衣的心情。如果要我挑一件球衣，現在的我八成也會選守門員的。

另一方面，岐阜的外國人守門員怒吼著，如鬼神一般不停擋球，但他光是把球彈開就竭盡全力了，沒那個餘力接住球。

而每一顆被擋掉的球都由千葉隊接到，再度發動攻勢。反覆這個過程。

不過，千葉隊仍未進球。

大約第二十次的射門被擋下來，戶塚抱頭大叫：

「啊啊！都射門這麼多次了，為什麼進不了!?」

葉山低聲給予令人難以置信的回答。

「岐阜比賽時，岐阜縣出身的Mr. Maric（註9）一定會在日本某處發送意念，所以守門員可以發揮超水準的實力……的樣子。」

念力嗎!?

「但那僅僅是迷信！只要維持這個節奏就能贏！」

聽見葉山信心十足的發言，我和戶塚都點了下頭。

比賽過了九十分鐘，就算進入了補時時間（現在似乎叫加時），我們仍然相信千葉會獲勝，持續吶喊。相信每個人的聲音多少能將球迷的心意傳達到球場上。這股衝動簡直像戀愛。

有機會得分的時候，不知不覺我也將葉山借我的毛巾拿在頭上甩動，感受著難

註9　日本魔術大師。

以形容的團結感。在澀谷大吵大鬧的意義我不明白，但我現在能理解在體育場拍手高呼的心情了。

直到最後一刻，千葉的猛攻都從未停歇！反覆進攻！球被彈開後又繼續進行波狀攻擊！球不停在岐阜的球門前來來回回！

對手被逼得傳出一記長傳，在球場上畫出如同彩虹的拋物線，從跑到中線的守門員頭上飛過去，直接進門。這一分成了決勝關鍵，千葉隊輸了。葉山像斷線的木偶般癱坐在椅子上，比賽結束後還是沒能馬上站起來。

防禦脆弱得跟塑膠一樣。高位壓迫果然搞錯了。

（完）

義輝的野望・全國版

伊達康

插畫：紅緒

吾名為材木座義輝。

經常有人誤會成「木材座」或「材木屋」，「材木座」才是正確的。

慘一點的時候還會被人說「喔，就那個啊，那個名字很像五金行的人」，但我叫材木座。

順帶一提，我查過星座，沒有材木座這個星座。沒辦法。就算有，聖衣(Cloth)八成也是木製的。遇到火焰系招式只有死路一條吧。

……他人無法正確認知我的真名(Mana)，是有原因的。

因為我材木座義輝乃孤高之人。是不會結黨成群的獨行俠。

我在教室幾乎不會跟班上的人說話……有點太愛面子了。差不多可以說沒說過話……我又在顧面子了。根本沒說過話。

恐怕是因為我身為劍豪將軍的威猛霸氣，會令一般學生本能性地畏懼我。

類似人稱「圓」的念能力，範圍長達半徑四公尺。那部漫畫什麼時候才會出下一集啊。（註10）

因此，誰都不會靠近我。真的沒人會靠近我。人少到聽得見「那家五金行遲早會倒閉吧？」的竊竊私語聲。

但那也是無可奈何。

吾乃復甦於現世的劍豪將軍。擁有過於強大的力量，背負必須不斷戰鬥的宿命之人。

眾人只要享受和平的日常即可。我會守護世界，今晚我要做的也只有將魔物斬殺殆盡。錢存得差不多了，我要去買水鏡之盾了（註11）。

總而言之。

我每天都過著崇高的生活，卻要付出代價。

上下學、下課時間、午餐時間……在校園生活的各種局面，我都經常被迫單獨行動。做什麼事都是單騎走天下。

其中最麻煩的，是體育課。

註10　指漫畫《獵人》，最新一集的日文版於二〇一八年十月九日發售。
註11　遊戲《勇者鬥惡龍》中的裝備。

或許各位會感到意外，我其實很會流汗。排汗功能比一般人還要好。也容易喘氣，這是因為我必須分一部分體力壓制從右手溢出的邪氣。

不，這不重要。

體育課讓人難熬的不是體力方面，反而是精神方面——

「好——自己找朋友兩兩一組。」

體育老師殘忍的指示，對我而言如同惡夢。

不是我在自誇，這種時候我有九成九的機率會沒組。剩下那零點一成是跟老師一組。嗯，這不是自誇，是自虐。

每次我都會期待「說不定今天會有失去理智的人來找我一組？」可惜那樣的救世主從來沒出現過。俗世真的是艱辛啊。

「不能設法改善這個不良風習嗎？」

一名沉默鬥士懷著冰冷的心獨自站在那邊，凝視眾人甚至跨越班級的藩籬紛紛組成一組。也就是我。

在我宛如於黑暗中搖曳的火光佇立於原地時，大部分的人都找到人一組了。將我這個劍豪將軍晾在一旁。

「唔……剩下的人還有十個左右嗎？」

沒錯。真正傷人的現在才開始。

賣剩的人即為在眾人面前出糗的人。與昭告天下「我的朋友很少」無異。對青春期的人來說，是非常丟臉的一件事。

因此剩下的人會感到焦躁，拚命尋找搭檔。妥協再妥協，硬是隨便找一個人組隊。

就像墮入餓鬼道的亡者。事已至此還沒人來找我，究竟是怎麼一回事？怕了嗎？

「真是，一個個都如此膚淺。就這麼討厭隻身一人嗎？真該學學平塚老師。」

你們沒有尊嚴嗎？

不，正因為有尊嚴，才忌諱孤獨。不惜賤賣自己。

無論如何，到這個階段，「找朋友一組」這個宗旨已經失去意義。如果一開始就說「按照座號兩兩一組」，就不會有任何人受傷了。

「再說，這個世界未必能跟喜歡的人結合。正因如此，NTR這個類別才會有一定的人氣吧？」

在我忍不住口吐詛咒時。

我的雙眼捕捉到一名男子。

那傢伙跟我一樣，至今仍獨自佇立。沒去找搭檔，跟地縛靈似地站在那裡，散發出負面情緒。

「呵，是徹頭徹尾的邊緣人嗎。可憐啊……」

他也是體育課不良風氣的受害者。沒有摯友（朋友），沒有強敵（朋友），沒有認識的人（朋友），在極少數的情況下，甚至連可以打招呼的人（朋友）都沒有的單身貴族。

「不，從那不起眼的外表來看，是單身平民嗎？和身為將軍的我一組，對那人而言或許負擔太重，但這也稱得上緣分。我就施捨他一些慈悲吧。」

我判斷該對那隻迷途的羔羊伸出援手，故作自然地走近他。

儘管提不太起勁，總不能對弱者見死不救。由我來成為你的救世主。所以給我等著！別跟其他人一組喔！不然我會哭喔！求您大發慈悲！

不曉得是不是我的祈禱奏效了，邊緣人依然是自己一個。過沒多久，他似乎發現我在接近了。

「…………」

「…………」

邊緣人訝異地看著停在離他兩公尺左右的距離的我。

印象最深刻的，是他的眼神十分混濁。像隻死掉的魚。我昨天晚上吃的煮岩魚，眼睛就是長這樣。

「…………」

「…………」

我們像要決鬥般對峙著，經過數秒的沉默。

雙方默默無言。對方應該知道我走過來的理由，卻堅持等待。我都走到你旁邊了，不能由你開口邀約嗎！

「…………」

「…………」

漫長得恍若永恆的互瞪，又持續了三秒左右。

對方仍舊一語不發。我也是。既然如此，就要比毅力了。

要不要跟我一組？……我們都在拒絕說出這句話。說了就輸了。

「…………」

「…………」

我判斷這樣下去沒完沒了，決定採取行動。

拖著步伐慢慢拉近距離，向對手施壓。我還下意識在心中唸起「卡巴迪，卡巴迪，卡巴迪（註12）」。

敵人卻並未上鉤。我拉近多少步，他就退後多少步，維持同樣的距離。如同海市蜃樓。

註12 源自印度的運動，類似老鷹抓小雞，進攻方必須一直吶喊「卡巴迪」。

……這男人，不簡單。

不過，竟敢跟我比心理戰，可笑至極。平民自以為贏得了將軍嗎？

既然如此——我稍微清了下嗓子。接著偷瞄四周，對他使出「看，大家都找到搭檔囉？剩下我們囉？」的精神攻擊。

但敵人也不容小覷。他緩緩蹲下，使出重繫鞋帶的招式。喂，那麼明顯就別演了。你鞋帶又沒鬆掉。

……這個邊緣人不怕自己是邊緣人嗎？

那還真是可怕的精神力。根本是邊緣人專家。如果他是卡巴迪專家怎麼辦？

然而，我可是劍豪將軍。可不能讓不敗傳說蒙羞。因此，我直接靠眼神對敵人那雙死魚眼訴說。

——邊緣人啊，放棄無謂的掙扎。你已經沒時間了。

——你也一樣吧。

——給我說。邀請我跟你一組。現在不是挑對象的時候了吧！

——就說了，你也一樣吧。

——別意氣用事！放自己一馬！你已經很努力了！

——怎麼有個難搞的傢伙湊過來啊……

就旁人看來，只會覺得是兩個撿剩的人在拖拖拉拉吧。

事實上，我們之間進行了這樣子的心電感應。大概。

如履薄冰的牽制又持續了五秒鐘左右時，比賽以意想不到的形式落幕。

「那邊那兩個，別再拖了。你們就一組吧。」

體育老師失去耐性，一句話收拾了這個局面。

可惡的體育老師。還不都是你害的。竟然還敢打斷我倆的戰鬥，究竟有何居心！反正都要插手了，不能快一點嗎！

於是，我只得跟這個眼神死的邊緣人一組。

男人名為比企谷八幡。

未來將與我共度無數堂體育課之人——

「今天我朋友請假，所以我偶然，碰巧，奇蹟似的剩下來。」

記得我對他說出的第一句話，是彷彿在虛張聲勢的辯解。

我好歹是劍豪將軍。不能被區區平民瞧不起。不，以這男人不畏懼當邊緣人的膽量，搞不好是武士。搞不好是下級武士。

「啊——不用跟我找藉口。」

對方卻一副沒興趣的樣子，懶洋洋地扔回一句失禮的回應。還是一樣頂著那雙死魚眼。我三天前吃的鯛魚燒，眼睛就是長這樣。

老師叫我們兩人一組做伸展運動，因此我們也效法其他人，磨磨蹭蹭地開始做伸展。我先張開雙腿坐到地上，讓邊緣人幫我壓背。

「你柔軟度好差。文風不動耶。」

「肚子卡住了。別在意，體育課與戰鬥不同。我擅長的是後者。」

「那個肚子戰鬥時也很礙事吧。」

我忍不住對喋喋不休的下級武士「哼」了一聲。不久後換成我來幫他壓背。

「是說你啊，似乎是相當有名的邊緣人。」

「閉嘴。因為邊緣而有名超慘的吧。」

「是我失言了。吾名為材木座義輝。室町幕府的第十三代將軍——足利義輝靈魂的繼承人。」

「啥？」

聽完我的自我介紹，邊緣人發出錯愕的聲音。

「足利義輝？對喔，他在《信長的野望》裡有出現過。」

「哦，你認識他嗎？我繼承了他的靈魂。」

「繼承了嗎？」

「正是。」

「原來如此……雖然我早就隱約察覺到了，你果然是那方面的人。」

邊緣人伸展完後站起身，臉上不知為何帶著淡淡的苦笑。接著不知為何拍了下我的肩膀。

「你、你那看著被雨淋溼的棄犬的眼神是什麼意思？」

「不錯啊？你們名字一樣嘛。」

總會覺得自己跟那人有點關係嘛，我懂我懂……他的眼神彷彿在這麼說。

「住手！別用那種憐憫腐爛的眼神看我！」

「腐爛是多餘的。」

這個邊緣人未免對跟他一組的將軍太失禮了。我只是基於同情才跟你一組喔！不是誰都行喔！不過……謝謝你願意跟我一組。

「無論如何，我已經自我介紹完了。你也報上名來。」

「比企谷八幡。不用記住也沒關係。」

聽見他冷冷說出的這句臺詞，我立刻瞪大眼睛。

「是那個嗎！『你這傢伙馬上就要死了，會被我打倒，所以沒必要記住』的意思嗎！」

「不，並不是……算了，就當成是那樣吧。」

「而且，你說你叫八幡？說到八幡大菩薩，祂可是受人尊敬的武神！呵呵呵，是嗎，原來是這麼一回事。」

我低聲笑著，單手用力一揮，掀起大衣。然後在下一秒想到我現在穿著體育服，所以沒穿大衣。

「這麼一回事是怎麼一回事？」

「你為了與我並肩作戰，轉生到了現世對吧？」

「不，並沒有。」

「讓我為誤以為你是平民一事道歉。我真是看走眼了。」

「呃，我是平民沒錯。」

「此刻，我取回了遙遠往昔的記憶。沒錯，記得我身旁的確有你的存在。我的愛刀——大般若長光……那就是你的前世對吧！」

「至少把我的前世設定成人類。」

「來吧，我的夥伴！讓我們像過去一樣，再度征服天下！與我劍豪將軍一同！呵哈哈哈哈！」

八幡大菩薩冷眼看著放聲大笑的我。那眼神彷彿在注視蛔蟲，一點都不像菩薩。

「……足利義輝確實被稱為劍豪將軍。拿這一點當人設的基礎，我認為還不錯。」

「嗯？」

「但反過來說，也可以視為你逃避靠原創設定決勝負。也是啦，跟史實借設定比較快也比較輕鬆。」

「咕嚕咕嚕！」

我不小心咳了一大聲，比企谷八幡卻接著說道：

「還有，足利義輝用過一陣子的大般若長光，現在依然收藏在東京的博物館喔。它不是我的前世嗎？」

「哥摩拉哥摩拉！」

「如果再加上八幡大菩薩的設定，整個漏洞百出耶？」

「傑頓傑頓！」

「這什麼咳嗽聲。」

明明是初次見面，他的批評卻毫不留情。我有點受傷。

這傢伙到底是什麼人？到底有沒有社交能力？人類是有辦法如此失敬的生物嗎？是能隨便說人肚子大的生物嗎？

「我、我不說話，你當我是啞巴啊……！」

「你有說話啊。你不是喊了怪獸的名字嗎？」（註13）

「速速跟我道歉！跟我義輝道歉！也要跟那個義輝道歉！」

「煩死了。」

註13　咕嚕為《魔戒》中的角色，哥摩拉、傑頓皆為《超人力霸王》中的怪獸。

「喝！接招吧，『雷神碎霸拳（Mjolnir Break）』！」

「啊——好痛好痛。還有好中二。」

邊緣人還沒中招就給予這種回應，無視我快步離去。體育老師不知何時叫人集合了。

之後很快就開始今天要上的排球課，下課鐘響之前，我們都沒再交談過。

下課後，他只簡短告訴我一句「拜啦」就迅速走進校舍。我只能像安娜一樣，咬牙切齒地看著他逐漸遠去的背影。（註14）

「比企谷八幡嗎……沒想到總武高中有這麼一號人物。」

下意識脫口而出的聲音，因為打排球的關係變得沙啞。體育服也滿是汗水。

真是個奇妙的男人，但我們不會再碰面了。不對，體育課還是得上，所以說不定又會再見面。

「那傢伙，一直叫我去撿球……」

——那就是我和比企谷八幡的相遇。

註14《草莓棉花糖》中的安娜・柯普拉因為被人用「穴骨洞」（音近「柯普拉」）稱呼的關係，露出咬牙切齒的表情。

數日後，體育課再度到來。

「今天我朋友又請假，所以我偶然，碰巧，奇蹟似的剩下來。」

不知是否為命運的惡作劇，我和比企谷八幡這次再度同組。在我跟上次一樣以卡巴迪的方式一步步逼近他，跟他互瞪時，體育老師下達那樣的指示。

「就叫你別找藉口了。」

「呵呵呵，比企谷八幡……看來我和你果然前世有緣。來吧，幫助我做伸展操！我的背後就交給你了！」

我坐到地上張開雙腿，比企谷八幡嘆了口氣。似乎聽見他在碎碎念「這人好煩」，大概是我幻聽。

「嗯哼，像這樣讓隨從精心服侍真不錯。你是否也想起了那個時候？將一切奉獻給對主人的忠誠，不斷戰鬥的遙遠往昔。」

「換人了。接著換你服侍我，隨從。」

「嗯哼。」

真想現在就叫他切腹，沒辦法，我只得協助他做伸展。我倆才見面第二次，這男人真不懂得客氣。

我們默默做完伸展操後，開始上課了。

今天也是排球課。

「我不擅長排球。萬一我一不小心使出全力攻擊，可能會導致地面炸裂。力道難以控制。」

「是喔。辛苦你了。」

「足球也不擅長。萬一我一不小心使出全力射門，守門員可能會分解成原子等級。衝擊力就是這麼大。」

「世界盃加油啊。」

「網球也不擅長。萬一我一不小心發動材木座領域，一、兩隻樺地（註15）根本算不上什麼。」

「別用『隻』當樺地的量詞。」

看其他人比賽的期間，我和比企谷八幡閒聊著。

……事到如今我才發現，他從未主動與我攀談過。

儘管態度很差，他姑且會回我幾句。但幾乎不會自己開話題。

這就是邊緣人之所以是邊緣人的原因嗎？雖然不關我的事，真擔心他的未來。

這傢伙讓人難以接近的氣場，是不是在我之上？

「你一直都是這副德行嗎？這樣在社會上很難生存吧。」

註15　漫畫《網球王子》中的角色。

「放心。我只有對你會這麼隨便。」

「嗚哼？為何對我如此冷淡？你是那種會忍不住想欺負喜歡的將軍的類型嗎？無妨，把理由說來聽聽。」

「就是你這一點。」

「嗚哼。」

「中二病也該有個限度。」

「嗚哼哼。」

儘管我們才認識沒幾天，我明白了一件事。

這個叫比企谷八幡的男人……是不是高二病？

他說我是中二病。這個詞是指對漫畫、動畫、遊戲中的能力抱持憧憬，裝成自己也有那種能力的人。

而高二病主要是指脫離中二病後，因為反彈的關係變得異常現實主義的症狀。厭惡曾經是中二病的自己，特別看不起人的現象。

若是這樣，他未免太愚蠢了。

邊緣人不就是邊緣人嗎？我和你有什麼不同？僅僅是一直得同樣的病，和罹患新的疾病的差別吧！雖然我真的是劍豪將軍啦！

「呵呵呵，比企谷八幡……我摸透你的底細了。如此程度怎可能征服天下！不退縮！不獻媚！不回頭！將軍就是這樣！」

「那不是將軍，是聖帝吧……」（註16）

邊緣人一臉不耐地反駁我的強力主張。就是因為這樣你才會淪為邊緣人！

「要我講幾遍都行！將軍不退縮！」

「你是讓人嚇到退縮的那個吧。」

「不獻媚！」

「因為獻媚也沒用。只會讓你變得更噁心。」

「不回頭！」

「求你浪子回頭吧。我認真的。」

「你、你這個笨徒弟——！」（註17）

高二病患者又說了沒禮貌的回應，在我用要讓他石化的氣勢瞪向他的瞬間。

一顆排球直接砸在我的側頭部上，還以為臉要爆炸了。

「嗚呃噗！」（註18）

註16「不退縮！不獻媚！不回頭！」為《北斗神拳》中聖帝沙烏剎的臺詞。

註17《機動武鬥傳G鋼彈》中東方不敗的名臺詞。

註18《北斗神拳》中紅心大人死前的慘叫聲。

我聽見「啊，抱歉」的道歉聲，呈大字形倒在地上。此生有無限的悔恨（註19）。

看來是比賽途中用力擊出的球，不小心飛到其他地方砸中我了。誰技術那麼爛！不要像什麼事都沒發生一樣繼續比賽好嗎！

我感覺到臉頰陣陣發麻，空虛地凝視藍天，過了一會兒。

「喂，你還活著嗎？」

比企谷八幡探頭觀察我的臉色，用小樹枝戳我。這傢伙，竟敢把舉世無雙的劍豪將軍當成大便戳。

「呼，太大意了……我什麼都看不見……包括你的臉……」

「不是因為眼鏡掉了嗎？」

「連坐都坐不起來……」

「不是因為肚子太大嗎？」

「連臉都抬不起來……咦？真的抬不起來。」

「啊，我踩到你的頭髮。誰叫你留那麼長還綁起來。」

「你這傢伙在幹麼啊！」

他無視坐起身子怒吼的我，快步走向體育老師。

註19　改編自《北斗神拳》中拉奧的名臺詞「此生無悔」。

經過十秒左右的交談，比企谷八幡再度走回我旁邊。出乎意料的是，他對仍然坐倒在地上的我伸出手。

「站得起來嗎？老師說你可以去保健室。」

「喔喔，你……其實在為我擔憂嗎？呣哈哈哈，想不到你會以這種方式表現出嬌的一面。雖然一點都不可愛，我就原諒你吧。」

「託你的福，有藉口讓我不上課了。」

……絕不原諒。

之後，我便讓比企谷八幡攙扶著離開操場。一進到校舍，那傢伙就迅速放開我，扔下一句「你自己走得動吧？就算走不動也給我自己走」。

看來這傢伙不只眼神，連人格都徹底腐爛了。如果讓他打格鬥遊戲，他肯定會臉不紅氣不喘地用連段把新手接到死。

不過，我對這個叫比企谷八幡的男人，開始產生難以名狀的興趣。

劍豪將軍的直覺告訴我。他一定是我的同類。能理解我的梗，是這一側的居民。認識聖帝、玩過《信長的野望》，連樺地都知道，就是再明顯不過的證據。

若這男人真的是高二病，過去很有可能是中二病。很可能是沉浸在次文化中的宅企谷同學。

此時此刻，可否請你取回當時的自我？

可否請你取回那個純潔無垢的你，那個花了三天三夜認真煩惱該娶畢安卡還是芙蘿拉（註20）的你？

這個願望實現時——我倆或許能成為人稱朋友的關係。

這傢伙搞不好真的會嬌給我看。

到時，未必不會迎接我們在體育課以外的場合也會交流的未來來日方長長命百歲歲歲歲平安。

我也不喜歡跟人打好關係，但學校有個人可以陪我聊這一期的動畫裡面的愛妻(女角)有多有魅力，也無傷大雅。想要有人陪我聊。

為此，再觀察這男人一陣子吧……我走在通往保健室的走廊上，下定決心。

我望向旁邊的玻璃窗，自己的身影倒映在其上。

臉上有被排球砸過的痕跡。

數日後。體育課的時間再度到來。

體育老師叫大家兩兩一組的瞬間，我就用高速卡巴迪接近比企谷八幡。

那傢伙慌張地左顧右盼，試圖找其他搭檔，然而為時已晚。他還是被我逮住了。

註20 兩者皆為《勇者鬥惡龍5》的女角。

「呵呵呵，真巧，比企谷八幡。今天我朋友又剛好——」

「你的朋友直到畢業大概都不會出場。」

他大概是投降了，深深嘆息，抬起下巴對我一指。叫我趕快坐到地上開腳的意思。

我利用短暫的伸展時間，立刻著手試探他。

首先，最重要的是……看看這男人對漫畫、動畫、遊戲有多精通。

「我說，八幡啊。」

我直接用名字叫他，結果遭到無視。嗯，有點太急了嗎？

「聽見零這個名字，你會想到誰？南斗那位？新世紀福音戰士那位？火星仙子那位？」

「阿姆羅。」（註21）

「那麼聽見凜(Rin)這個名字，你會想到誰？姓星空的？姓澀谷的？還是姓遠坂的？」

「克林(Kuririn)。」

「那麼聽見樺地這個名字，你會想到誰？打網球的？念冰帝的？還是會學其他人

註21　分別指《北斗神拳》的雷、《新世紀福音戰士》的綾波零、《美少女戰士》的火野麗、《機動戰士鋼彈》的阿姆羅·雷，四人名字讀音皆相同。

招式的？」

「不都是樺地嗎？」

如我所料，那傢伙一個個回答我的問題。我藉機深入話題。

「電擊應該會繼續稱霸吧。」

「我相信總有一天會是GAGAGA的天下。」

「哦，輕小說也行嗎？那麼嚴格挑選出你喜歡的三位繪師說來聽聽。順帶一提，我是——」

「喂，要集合囉。」

講到這邊，八幡無情地離去。

這傢伙守備力真高。如果能至少得知他喜歡的作品，就能從這邊一口氣發動攻勢了。好吧，光是知道他喜歡GAGAGA文庫就夠了。

沒關係，體育課才剛開始。有充分的時間……本來是這麼想的，卻發生一個問題。

今天竟然不是上排球，而是跑步。而且還是馬拉松。

不是我自誇，我不擅長長距離跑。也不擅長短距離跑。可以的話連路都不想走。爬樓梯也是，超過五層就會憂鬱。

該死的體育老師。動不動就妨礙我的計畫！馬拉松沒必要組隊，這樣我怎麼跟他講話！這傢伙絕對會把我晾在一旁！

我擔心的沒錯，八幡果然拋下我了。

直到途中我們都還是一起跑步，接著我慢慢落後，對他說「別管我，你先走！絕對不要回頭！」結果他還真的照做。那傢伙絕對不會回頭。

多麼無情的人。如果有部輕小說是以你為主角，絕對紅不起來。絕對不可能成為GAGAGA的臺柱。

我在內心抱怨，正準備放棄今日的八幡研究時。

一度從視線範圍內消失的八幡的背影出現在前方。他似乎放慢了不少速度。

好，這樣就追得上了！義輝渦輪，解除限制器！

我壓著晃來晃去的肚子，勉強跑在八幡旁邊。他只是瞥了我一眼，半句話都沒說。真無情。

「噗嘻，怎麼啦八幡？噗嘻，我不是叫你別管我，自己先走嗎？噗嘻。」

「誰會努力跑馬拉松啊。」

「噗嘻，是嗎？噗嘻，那我們就一起跑吧。噗嘻嘻。」

「你在發出奇怪的聲音喔。」

「別在意。是義輝渦輪的副作用。噗嘻嘻嘻。」

「比平常噁心三成。」

儘管我跟千代富士（註22）一樣感覺到了體力的極限，依然不屈不撓地進行八幡研究。

這次我將話題轉為戀愛遊戲，好確認他的興趣範圍。這段期間，渦輪的副作用仍在持續。噗嘻。

「……於是，我成功攻略了女主角。在結局的畢業典禮上，由她主動跟我告白。」

「如果你也能就這樣從戀愛遊戲畢業就好了。」

「你不玩這類型的遊戲嗎？意外地頗多名作喔。」

「某天我忽然意識到。到頭來，遊戲的男主角並不是我。」

「噗嘻？」

「再怎麼提升遊戲中的學力、體力、魅力等素質，我的素質也不會提升。」

「噗嘻嘻？」

「不要用渦輪聲回應。」

我和八幡慢吞吞地跑著，被附近的學生接連追過。這速度已經可以說是單純的快走。

「跟遊戲一樣溫柔的女人，現實中並不存在。不對，遊戲裡的女人說不定也一樣

註22 相撲力士，宣布引退時表示「體力達到了極限」。

喔？跟你告白的女主角，也向其他玩家告白了喔？」

「你、你這傢伙！給我向所有戀愛遊戲的女角道歉！先跟藤崎詩織（註23）大人道歉！」

「那你叫她在傳說中的大樹下等我。」

「不要趁機想跟人家在一起！」

「說起來，非得跟你告白不可，對女主角而言可以說是懲罰遊戲喔。」

「別歧視將軍！嘚！接招吧，『偉大的神罰・炎滅擊掌（Nemesis Bolt）』！」

「就跟你說中二病要適可而止了。」

這時，八幡異常嚴肅地注視我。兩眼依然無神，但這或許是他第一次好好看著我的臉說話。

「材木座，人生和角色設定統一一下啦。」

「噗嘻？」

他留下這句話，加快腳步離去。

遺憾的是，我追不上他。我的渦輪已經到達極限，熄火了。

「統一，人生和角色？」

註23　戀愛遊戲《純愛手札》的女主角。

我咕噥著這句話反覆咀嚼，看著他慢慢變小的背影。過沒多久，就看不見八幡的身影了。

不是因為他被跑馬拉松的人遮住。

而是熱氣讓我的眼鏡起霧了。

之後，我和八幡每堂體育課都會一組。

但我們感情並沒有變好。那傢伙對我的態度還是一樣隨便，一逮到機會就想把我塞給其他人。甚至說只要不超過兩百日圓，他願意付移籍費。

根據之前的八幡研究，我得知他比想像中更熟漫畫、動畫、輕小說。特別喜歡GAGAGA文庫。

事後我才知道，他的國文成績排名是全年級第三名。

真令人驚訝。看來看GAGAGA文庫的書，有助於提升國文成績。

「……八幡啊，跟你講這些也沒意義，不過──」

那一天。幸運的是，體育課又是上排球。

我邊看比賽，邊跟旁邊的八幡搭話。那傢伙看都不看我一眼，只是隨口應了聲。

「前幾天，有位陌生的女性在站前送我禮物。那人說不定是我前世的妻子。想不到歷經風霜，我倆再度相遇了……」

「那個禮物是衛生紙對吧。」

「你怎麼知道？」

「想點新梗吧。」

「還發生這樣的事件。站前有位陌生的女性對我說『請讓我為你祈福』。那人說不定是我前世的妻——」

「連梗都沒塞。」

「那麼這個如何。前幾天，擔任生活指導教師的平塚老師說『你也是問題兒童之一』。莫非她才是我前世的妻——」

「不可能。就算是前世，我也不覺得那人嫁得掉。」

「你會被殺喔。」

這時輪到我們上場比賽，因此閒聊暫時中斷。

隨便打一打球，繼續觀察八幡吧……我的計畫卻以意想不到的形式告吹。

不知為何，對手非常認真。我軍彷彿受到了刺激，跟著對比賽認真起來。

「好，絕對要贏喔！」

「好耶，偶爾拿出真本事吧！」

「和馬拉松比起來，根本是天國跟地獄的差別！」

呼聲四起，比賽愈來愈白熱化。

看這個氣氛，我也不得不加油了。萬一我混水摸魚，可能會被踹屁股。將軍的尊嚴不能允許。

「噗嘻！噗嘻！」

每當為了攔網而跳起來，我的肚子都會彈來彈去。今天是我最痛恨自己不是巨乳美少女的一天。

除此之外，還發生了謀反事件，我方的發球於我的後腦杓炸裂。是八幡幹的。

等到比賽終於結束，我累得精疲力竭。

一走出球場就呈大字形倒在地上，像鯉魚似的嘴巴一開一合。探頭觀察我的，正是那個謀反的邊緣人。

「哎呀，抱歉抱歉。手滑了一下。」

「你、你這傢伙……絕不饒你……噗嘻。」

「真可惜。本來想說順利的話又能去保健室。」

儘管很想宰了他，我已經沒有那個體力了。

也罷。下剋上乃世間常理，我要以寬大的心胸包容他。算他欠我一個人情。但我哭出來了，因為我是將軍嘛。

數分鐘後。我好不容易有力氣坐起來，詢問八幡：

「是說八幡，你之前說過。」

「什麼啦。」

「人生和角色設定統一一下……你曾經對我這麼說過，那是什麼意思？」

「喔，那個啊。你不是繼承足利義輝靈魂的劍豪將軍嗎？」

「正是。」

「但實際上是邊緣又中二病的材木座義輝吧？」

被這傢伙說邊緣，會比平常火大三倍。跟紅心大人對我說「給我減肥啦死禿子」一樣火大。

「我只是覺得現實跟理想的自己，最好再磨合一下。沒有深意，你別放在心上。」

「現實跟理想的自己……」

的確，我是舉世無雙的劍豪將軍，卻會因為區區排球和馬拉松累得噗嘻噗嘻喘氣。還會熬夜打戀愛遊戲，喜歡女僕咖啡廳。

要是足利義輝公知道，搞不好也會哀嘆。搞不好會跟被三好長慶逼得逃出京都時一樣悔恨。

不過，那我該如何是好？

我是劍豪將軍・材木座義輝——事到如今，可不能變更這個設定。不對，那不是設定。我真的是劍豪將軍。

我以常在戰場的精神為信條。既然如此，本來應該得將肉體鍛鍊得如鋼鐵般堅固。事實上卻是這種肥胖體型……真怨恨怠惰的自己。不如說怨恨肉肉的自己。

之後我便陷入思考的迷宮（Labyrinth），一語不發。

直到下課前，我都忘記要跟八幡交談。回過神時，那傢伙已經不見了。竟然如此忘我，失策失策。

其他學生還在旁邊，但不知為何，全是陌生的面孔。

這時我發現了。他們是下一堂課的學生。

不只下課了，連下一堂課都即將開始。

「至少跟我說一聲吧！那個冷血的傢伙！」

我擠出所剩無幾的體力，立刻撤退回校舍。

從比企谷八幡口中得到神祕的忠告後。

我沉思的時間愈來愈多。不知為何，那傢伙說的話一直在腦中徘徊不去。

統一人生和角色設定。究竟是什麼意思？

現實的我和劍豪將軍相去甚遠……我明白。再說，我從來沒拿過日本刀。跟沒握過球拍的樺地沒兩樣。

當然也沒和邪惡的敵人戰鬥過。只玩過遊戲。跟只玩過馬里〇網球的樺地沒兩樣。

我會一直這樣甘於度過和平的日常嗎？連我持有的十二神器都沒用過，就這樣從總武高中畢業？

思及此，一股難以形容的焦慮襲上心頭。屁股好癢。

……在那之後的體育課，我也一直和八幡一組。

但我們的對話量大幅減少。只要我不主動搭話，就不會觸發跟他的對話事件。瞧他毫不介意的模樣，真是個沒良心的邊緣人。

「我身為劍豪將軍，能在這個現實世界做到什麼……？」

我在教室抱著胳膊，不斷沉思。

應該有很多女學生被我憂鬱的神情弄得小鹿亂撞，卻沒人跟我告白。她們似乎想等到畢業典禮那天。

我煩惱不已，再度迎來體育課的時間。

我理所當然似的跟八幡一組，按照慣例開始做伸展操。最近沒什麼跟他說話，隨便閒聊幾句吧。

「八幡，你知道『蓬萊軒』這家拉麵店嗎？這家店在新潟，清爽的湯頭十分美味。」

「哦，之後去吃吃看好了。」

我開啟話題，八幡便正常地回應。但他絕對不會邀我一起去。我也不是基於這個目的告訴他的。

總有一天，可能會有這樣的未來，不過我們現在並非朋友。

為了讓自己在體育課分組時不會剩下的互惠關係……我和八幡僅僅是這樣的同伴。僅僅是相互勾結。

「八幡啊，現實……真無趣。」

我讓他幫我壓背，忍不住唉聲嘆氣。

「啊？幹麼突然講這個。」

「搞不好，現代沒有劍豪將軍的出場機會。得知我投胎轉世，企圖取我性命之人……至今仍未出現。」

「正常吧。」

「我所期望的校園生活不是這樣。起初態度冷淡，隨著相處時間的累積會慢慢用笨拙的方式跟我撒嬌的美少女，究竟身在何處？」

「那種傳說中的神獸不存在啦。」

「一開始好感度就很高的胸大少女，究竟身在何處？」

「那種有形文化財不存在啦。」

「那種讓人懷疑『咦，你真的有那根嗎？騙人的吧？』的可愛偽娘，究竟身在何處？」

「你在講什麼鬼話。」

比企谷八幡用看待黏在鞋底的口香糖的眼神瞥了我一眼。一副想叫我去死的樣子，可惜那種唾罵對我無效。我已經有抵抗力了。

本想順便跟他商量這幾天的煩惱，最後還是決定作罷。

這傢伙也說「沒有深意」，應該給不了我答案吧。更重要的是，跟這男人討教，有損劍豪將軍的名譽。

吾乃孤高之人。一直是這樣生活的。

雖說我倆同為邊緣人，向他人尋求教誨這種沒面子的行為，我可做不出來……我這麼告訴自己。

「材木座，你這種妄想癖，明明大可用在更有用的地方。」

——八幡應該是出於無心的一句話，使我豁然開朗。

那無疑是大菩薩的啟示。

「八幡啊……你說什麼？」

「咦？喔，要去吃吃看那家拉麵店？」

「不是那麼久以前的話題！你剛才說什麼！」

「喔，世上不存在會跟你撒嬌的美少女？」

「不是，蠢貨！剛剛說的那句！」

「喔，去死。」

「你才沒說這句話！只是用那種眼神看我而已！」

算了。不問這個垃圾邊緣人了。用不著確認，這傢伙說的那句話深深烙印在我腦中。

「是嗎……原來如此……！」

「咦？」

「原來如此，八幡！」

「什麼東西？」

「就是這樣，八幡！」

「聽我說話！」

「如此！原來！」

「哪門子的倒裝句！」

我無視八幡的吐槽，一口氣站起來。接著放聲大笑。有種腦內的迷霧瞬間散去的感覺。

「哈——哈哈哈！八幡啊！你說不定很適合解決他人煩惱的工作！」

「莫名其妙……」

「此刻，我找到了自己該踏上的道路！你那句話！那莫名現實的觀點！喜歡GA

ＧＡＧＡ文庫的這一點！為我帶來了一道光！」

我無視目瞪口呆的八幡，轉身走向校舍。

不能繼續坐以待斃。打鐵趁熱，必須立刻採取行動。

有了。找到了。我劍豪將軍在現代征服天下的方法！統一現實及理想的手段！

「呵呵呵……可以想像眾人臣服在我材木座義輝面前的模樣。」

我踏著信心十足的步伐，意氣風發地離開操場。

然而數秒後，我的領子就被體育老師一把揪住。公然企圖蹺課，讓我挨了頓前所未有的痛罵。

該死的體育老師。竟敢讓我劍豪將軍流下男兒淚。

還下達「你今天跑馬拉松」的死刑判決。

我望向八幡求救。他的回答是彷彿在叫我去死的視線。

自那天起，我就不再猶豫。

——材木座，人生和角色設定統一一下啦——

比企谷八幡之前對我說的那句話。面對那令我深感迷惘的精神攻擊，我得出了明確的答案。

「早該這麼做的。沒錯，我……該以成為輕小說家為目標。」

不是我自誇，我對妄想有自信。

上下學、下課時間、午餐時間……甚至連上課時間和睡前，都在埋頭想像。沒有做其他事。

即將到來的戰鬥，會是什麼樣的戰鬥？

敵人是誰？有何目的？

我在那場戰鬥中會如何活躍？

圍繞在我身邊爭寵的美少女們，有什麼樣的類型？

幸運色狼事件要以什麼樣的形式發生？

於何時、何地、跟誰觸發幸運色狼事件？

慘烈的戰鬥過後，有什麼樣的幸運色狼事件在等待我？

從比例上來看，幸運色狼的夢想太多了，但對於輕小說家這個職業而言，連那都是武器。不如說是必備技能。

「各式各樣的大綱在我腦內完結……若將其化為實體，以此維生，不就與人生勝利組無異了嗎？」

這正是讓現實和理想的自己磨合。

既然是輕小說家，繼續當劍豪將軍也不奇怪。輕小說家這種職業，應該全是這類型的人。

……其實，我也不是從來沒想過走上這條路。

小學時期，我的夢想是漫畫家。可是用不著多少時間，我就察覺到自己的畫技極限在哪裡。

國中時期，我的夢想是小說家。但我從來沒正式寫過小說，只會一直想設定。一動筆就覺得麻煩，毫無幹勁，懶得要命，才幾頁就放棄了。

仔細一想，是我覺悟不足。

真的「想創作故事」的認真度不足。

以前八幡說過，我逃避靠原創設定決勝負……或許真是如此。

我說不定只是在依賴史實。不，這也沒辦法。我身為劍豪將軍也是沒辦法的事。

所以至少在輕小說中，我必須靠原創的想法決勝負。

否則足利義輝公也會生氣吧。跟遭到松永久秀他們襲擊的時候一樣超級生氣。

「來寫吧。讓人熱血沸騰的壯闊異能戰鬥。美少女晃來晃去的胸部讓人熱血沸騰的輕小說！」

於是，我全心全意投入在寫小說上面。抒發滿溢而出的妄想。

舞臺是現代，日本的某座地方都市。祕密組織及異能者們在那橫行霸道。主人公覺醒隱藏的力量，勇敢地與他們對峙……基本設定就這樣吧。

「好，可以。有點既視感大概是錯覺。大概是因為這是王道路線。」

這一個禮拜，我大部分的時間都用在構思劇情上。沒想過其他事。頂多只有得獎感言。

……我自己也很驚訝我的手從來沒停過。

不僅如此，還愈寫愈興奮。這就是所謂的打開開關現象嗎？難道我挺有才能的？是不是能得個芥川獎？

「開心……好開心！寫小說這個行為，竟是如此有趣！」

能從寫作中得到樂趣。這是作家最大的天賦吧。順帶一提，我查了一下，有趣是「饒有趣味」的意思。幸好有在出道前發現。

開始寫作後，每天都非常充實。

體育課的時候，我把時間拿去構思。儘管於心不忍，我實在沒空陪八幡。抱歉了，夥伴。

可是，八幡毫不介意，滿不在乎的樣子。事後我才知道，他剛好在那段時期被迫加入「侍奉社」這個社團。

……過沒多久。

我終於把小說寫完。有股難以言喻的成就感。

「太棒了……沒想到處女作就寫出了一部最高傑作。」

竟然寫得出這種作品，我果然是天才嗎？我是劍豪將軍兼文豪將軍嗎？這部力作、自信作、超級巨作，就是優秀到這個地步。

我很想馬上把它寄去投新人獎，卻壓抑住了急躁的心情。且慢。稍待片刻，巨擘材木座義輝。心急誤事。

該先找人看過再說。

但不能放到網路上。那些傢伙毫不留情。我當然有自信，不過我還是第一次拿自己的小說給人看。第一次最好是溫柔的人。不要太粗暴。

「通常是找熟悉的朋友吧。」

問題在於，我沒有朋友。想不到身為孤高獨行俠的壞處，會反映在這種地方。

怎麼辦？乾脆去找在站前給我衛生紙的前世的妻子？還是願意為我祈福的前世的妻子……我為此煩惱了好幾天。

「等等，材木座。那是小說的原稿嗎？」

某天午休時間。我走在走廊上，想找個安靜的地方重讀自己的著作，有個人從後面叫住我。

是擔任生活指導教師的平塚老師。我前世的第三個妻子。不對，這個人再怎麼說都不可能。將軍的驕傲不允許他成為家暴受害者。

「啊，那個，是啊……」

我吞吞吐吐地回答看見我手中原稿的平塚老師，跟家暴受害者一樣嚇得發抖。

「哦，原來你有這種興趣。其實我學生時期也寫過幾篇小說。雖然是絕對不能給人看的東西。」

恐怕是超級虐待狂主角不斷虐待弱者的故事。

不過，平塚老師看我的眼神意外溫柔。還以為她肯定會罵我「有時間寫小說不如給我念書！」撿回一條命了。

「那你給人看過嗎？」

「沒有，那個……」

結果，我一五一十地招了。聽見我在找人幫我看小說，平塚老師不知為何點了下頭。

「……好，我命令你去侍奉社。」

「侍奉社？」

「那裡有跟你同症狀的人。是二年F班的比企谷——」

沒想到那正是我的夥伴所屬的社團。

聽平塚老師說，那是用來給學生諮詢煩惱的地方。而且八幡也是成員之一，我都感覺到緣分了。

——非去不可。

他夠格當第一個看我小說的人。因為為我指出這條道路的不是其他，正是那個男人。

仔細一想，也許我在內心某處期望著。也許我想看見那傢伙感動得顫抖不已的表情。也許我想叫他今後要對我用敬語。

好，出征！時機到來！僅此而已！

放學後，我立刻來到位在特別大樓的侍奉社社辦。

我好像太早來了，裡面半個人都沒有。沒辦法，先等一下吧。

既然是社團，代表成員不可能只有八幡一個。

說不定還會有女生。看到我的作品，她會不會不小心愛上我？哎呀呀，傷腦筋。不能等到兩人獨處的時候再跟我撒嬌嗎？

我邊想邊獨自竊笑。

這時，社辦的門忽然打開。走進來的果然是我熟悉的那位眼神死的夥伴。

下一刻，自窗戶吹進的風吹散我的原稿。宛如從變魔術的魔術帽裡飛出的數隻白鴿。

「呵、呵、呵，會在這個地方見到你，真教人驚訝——我等你很久了，比企谷八幡！」

我在飛散的白紙中抱著胳膊，以符合劍豪將軍身分的威風姿態大膽地笑著。

……來吧，比企谷八幡。大受震撼吧。

讓你瞧瞧我筆下的世界，輕小說的地平線！

呵哈哈哈哈哈！咕啦——哈哈哈叭叭叭！

——於是，我征服了天下。

看完我的小說，侍奉社的人感動落淚，跟我要簽名，紛紛稱讚我是天才。畢業後，我站在輕小說家的頂點，有十部作品動畫化——

「喂材木座，那什麼東西？」

這時，突然有人從背後呼喚我，我因此停筆。

來者何人？比企谷八幡。吾之隨從、愛刀、夥伴。

「別礙事，八幡。我正在為遲早會公開的自傳整理回憶錄。」

「別在侍奉社社辦寫那種東西。」

他邊說邊拿起我的原稿。大略看了一下後，對我投以看見髒東西的眼神。是想消毒的眼神。

「……捏造得真厲害。我遇見你的情況是這樣的嗎？」

「逸聞都會加油添醋。」

「再說，那篇小說明明被大家批得──」

「別說！再說下去會觸犯禁忌！萬萬不可！」

「你因為大受打擊而翻白眼──」

「閉口！將軍不會回頭！不會回首過去！」

「那就別寫回憶錄。」

吾名為材木座義輝。

舉世無雙的劍豪將軍，立志成為輕小說家。

正在徵朋友。

（完）

比企谷八幡的教法比想像中還要直指核心。

插畫：戶部淑

田中羅密歐

考試時期將近。

當然不是我，而是小町的。

……好吧，我的考試時期也逐漸逼近，但我只是高二生，現在又是十月，還不到著急的時候。補習班我也有去上，成績維持得很好。完美無缺。但沒人知道考試時會發生什麼事。要說完全不擔心是騙人的。

可是未來的我，高三的我一定會想辦法解決……!!

因此，我每天都過得輕鬆愜意。至少現在是這樣。未來的我，拜託啦麻煩您了。

不過，小町是國三生。當事人。急迫性的程度不同。

「…………」

小町正在庭院發呆。驚人的是，她帶著一雙死魚眼。

我為之戰慄。

死魚眼不是我的專利嗎？沒想到是遺傳。我們的祖先是魚類？原來如此，難怪每次拍團體照我的眼睛都跟魚一樣腫腫的！謎團統統解開了！

……必須斬斷這個惡性循環。

為此，我得避免小町留下子嗣。因為我們家只有小町可能有後代。

具體上來說，每當小町的男友候補出現，我都必定會對他採取高壓面試法，逼得他得戀愛憂鬱症。溺愛小町的老爸應該也會全方面提供協助。

可是，她到底在我們家狹小的庭院中，找到何種侘寂的景色可看？我產生疑惑，小町咕噥道：

「……螞蟻。努力過著你們小小的蟻生吧……」

看來她在藉由觀看渺小的螞蟻，得到內心的安寧。

啊啊，累積了不少壓力，妳真像個考生。

哥哥也經常觀察跟蟲子一樣的人類，以求內心的平靜喔。我們這對兄妹真像。

小町難得散發出如此強烈的負面情緒。身為哥哥，我想為她做些什麼。然而，考試是跟自我的戰鬥，我無能為力。頂多只能教她念書，但小町可以說是破洞的水桶。再怎麼灌輸知識，也會不斷漏出來。討厭，太笨了好可愛。對了，再來幫她寫作業吧。

不不不等一下等一下。這樣看起來是為她好，其實幫不了小町。太過度保護了。但沒辦法，誰叫小町太可愛。

「……好，該回去看書囉！」

小町將死魚眼切換成香菇眼，站起來。可以順便把嘴巴做成栗子形喔。可愛是正義。

不過明顯看得出她在勉強自己。

「我說，要不要我教妳一些念書方式？」

咻!!

小町對我隨口說出的一句話，做出激烈的反應。

跟平野老師畫的不正常的人偵測到同類時回頭的情境一樣。表情也差不多。不是吸血鬼，頂多是半魚人的我，忍不住抖了一下。喂喂喂，妳搞錯作品類別囉……（註24）

「哥哥終於要把佐佐木補習班津田沼高中用的應試祕訣傳授給小町了嗎!?」

註24 指漫畫家平野耕太的作品《厄夜怪客》。

「呃那是考大學用的。考高中用不到。」

「難過……」

小町用全身表現出失落。惡意賣萌。

「哥哥願意教小町，小町是很高興啦，不過這是吹了什麼風？」

「喔，因為小町有點……那個（A）對吧？我覺得妳用一般的方式念書會那個（B）。所以要教妳的話，果然就是要教這個（C）吧。」

「……請分別回答ABC所指的內容。5×3分。」

竟然問這個嗎？可惡，沒辦法……

「A笨，B無法理解，C笨蛋也懂的讀書方式。」

「嗚哇——！例句變得跟在罵人一樣！」

「我也不想說得這麼難聽……」

這種人很常見。自己叫人講實話，結果一聽就震怒。

「……但哥哥說得沒錯。小町承認。小町書念不進去。小町是笨蛋！」

「也不用講到這個地步……」

看來她精神挺疲憊的。

「所以，那個笨蛋也懂的方法是什麼？」

「喔，沒多厲害啦。妳之前都是把看不懂的地方個別提出來不是嗎？然後我也個別跟妳說明，我想這個方式可能不太對。」

「所、所以是怎樣？快說啊，哥哥！」

「喔、喔……」

她太激動了，有點恐怖。

「每種科目念書的方式都不一樣吧？例如數學在徹底理解那一頁的內容前，絕對不能翻到下一頁。因為剛開始會教基礎，再從那之中出應用題考妳。」

「對呀。可是每堂課教的東西愈來愈多，光是把範圍看過一遍就忙不過來，沒時間重看基礎部分。」

「就算這樣，還是要從基礎開始打穩。反過來說，世界史和國文這種科目，從會的地方看起也沒問題。每種科目的訣竅不同。」

「哦哦哦哦哦。」

小町有點性急。而這一點造成了不好的影響，導致她沒學會正確的念書方式。

「我現在雖然沒在管數理科，考試時還挺努力的，今天我要把數理科的應試方式正式傳授給妳。」

「喔喔喔……」

小町的蘑菇眼發出光芒。已經超越蘑菇，而是松茸眼。

「既然是那麼讚的方法，可以把小町的同學也叫來聽嗎？」

「咦？為什麼？」

「現在班上因為考試期的關係，大家超級焦慮。大概是因為這樣，在教室念書的時候緊張感會傳達過來，沒辦法好好念書。所以實際考上總武高中的人的應試方式，應該滿值得參考的。」

「妳該不會叫我一起教他們吧？」

「不行嗎？」

說實話，我不太想。老實說，只要有這麼可愛的妹妹就好了。但最近我也會把認識的人叫到家裡，不太好意思拒絕。

「好。雖然我不是當講師的料，我試試看。」

「謝謝！那小町去叫人來。」

小町馬上拿出手機，叫出類似聯絡網的東西開始傳訊息。

……不愧是次世代型邊緣人。小型又高性能。喜歡獨處，但也能維持交友關係的感覺。這個大型哥哥太廢了。比哥哥優秀的妹妹存在於此。

「哥哥，大約有十個人要來！」

「好多！那別在房間教，改到客廳吧……」

「啊，對了……這個要先跟你說。小町的同學，那個，全是派對咖。」

「妳說……什麼？」

我的靈壓消失了。

「而且還是走嗨咖路線。」

我的靈壓沒有呼吸了。

「嗨咖路線的派對咖是人類惡的具現化吧。竟然跟那種人混在一起，我和爸爸不會同意喔。」

「哥哥，同學是不能選的啦。」

「那妳幹麼主動邀他們來？」

「大家雖然是派對咖，人其實不壞呀……只不過對哥哥來說或許會有那麼一點不自在……」

我開始嫌麻煩了。

儘管對小町不太好意思，打個招呼就閃人吧？

可是這麼做會害她沒面子。

駁回。

「……行啊。來就來。把那群派對咖叫來啊。」

「謝謝。真的感激不盡。」

小町合掌道謝，愧疚地低下頭。

於是，下午決定召開緊急讀書會。

× × ×

「那小町來介紹一下！這是小町的同學！大家，這位是小町的哥哥。」

好隨便的說明！根本稱不上介紹……

「啊，我叫（每位同學的名字）……今天要麻煩您了……」

就這樣，每個人都用固定句型做完自我介紹。

這些人也好隨便。是沒差啦，反正我不會記他們的名字。長相也不知道能不能記到晚上。

總之陣容是六男五女。再加上小町，我的學生共有十二人。喂喂喂跟補習班名師一樣。

……不，我不可能當上名師。這些國中生統統在想「咦？這人看起來超難相處耶？」「他的眼神是罪犯的眼神耶？」「說起來，他感覺不像跟小町同學有血緣關係耶？」這種失禮的事（絕對）。

我給人的第一印象差不是一天兩天的事，不過不愧是國中生，情緒表達得真明顯。

「我有問題！哥哥大人現在是總武高中的學生對不對！」

看起來像班長的眼鏡女孩颯爽地舉手提問。

「嗯，總武高中二年級。代替自我介紹說一下，我的成績（僅限國文這科）是全年級第三名。」

喔喔——眾人的驚呼聲重疊在一起。前一秒還對我抱持懷疑的眼神瞬間發光。這裡是蘑菇田嗎？

不愧是考生。會無條件崇拜成績好的人。

話說回來，這些人是派對咖？嗨咖？

面帶強烈的不安，駝背，肩膀下垂。還有很多人睡到翹起來的頭髮沒整理好。分岔的頭髮也很明顯，整體上顯得狼狽不堪。陰暗。太陰暗了。

用國民動畫（註25）的三年四班譬喻，就是藤木和野口。派對咖明明是大野或城崎那類型的人。究竟是怎麼一回事？

小町說：

「……以前很有精神的大家被考試的壓力壓垮，現在變成這樣了。」

這麼嚴重啊。真正的嗨咖不就是要連考試的壓力都能抵抗嗎？

可是，這樣的話我反而比較好教。

「嗨——！哥哥你好——！今天要拜託你咧——！念書太沒勁了，我可不可以先

註25 指《櫻桃小丸子》。

來聊一下戀愛話題啊!?」

「咦——!哥哥在學校是邊緣人嗎——!就算成績好，邊緣不就完了——!你知道不耀眼的人沒人權嗎？」

如果他們用這種態度跟我講話，我的殺意會爆表。

「……………啊，你好……今天……了……」

「…………不好意思……這題……那個……我不會……」

這樣給我的印象會非常好。不如說喜歡。我的標準應該跟正常人相反就是了。

若是現在的他們，我應該也能勉強維持正常心。

「各位，這可是偉大現役總武高中學生的應試祕訣繼承儀式！要注意聽喔！」

小町發號施令，這群國中生用有氣無力的聲音回答「……喔——」把手舉高十公分左右。

呃，既然你們是派對咖，給我舉高個三十公分吧。

× × ×

我將所有人帶到客廳，立刻召開讀書會。

看這狀況，必然是由我來教大家。人數這麼多，不可能一下就教太難的。我稍微講了一些考試時留意的地方，以及考上後覺得「幸好有這樣做」的事。

我一面回想當時的情況，一面分享經驗，不知不覺過了三十分鐘。

「非常值得參考……」

「重寫一份長期讀書計畫好了……」

「原來如此，還可以選擇放掉不擅長的科目……」

總武高中是一所榜單挺亮眼的高中，但還稱不上足以代表日本的超級名校。因此不用以完美為目標，只要念書的效率不錯，要考過及格線並不難。

「那大家趕快聽從哥哥大人的教誨，分頭念書吧。」

眼鏡女孩激勵眾人。

雖然不是很重要，可以不要叫我哥哥大人嗎……這種叫法感覺挺瞧不起人的喔。

十二名國中生開始認真念書。

喀喀喀喀。

自動筆在筆記本上寫字的聲音，如果有好幾人份重疊在一起，還挺有魄力的。

這正是大考模式。

我當時也是這種感覺。

偶爾有人遇到瓶頸，會由懂的人幫忙指導。學習態度挺積極的。儘管我是臨時講師，已經在腦內化為遺產的數理系問題我可答不出來，所以我很感謝他們。

這幾個人程度不錯啊。

為何念得如此認真，還會緊張成那樣？

理由很快就揭曉了。

× × ×

「呼。」

我一下就看出，專心念書的人之中有一個人鬆懈下來了。

原來教師視角是這樣啊。挺新鮮的。

那個男生從筆記本上抬起頭，疲憊地扭動脖子。本以為他會繼續念書，他卻從桌子底下拿出手機，開始高速滑動。

……我猶豫了一下該不該制止他，可是自主學習的時候管得這麼嚴也不太好，所以我沒多說什麼，想說之後他會自己復活。

結果他一直在滑手機。

咦？他在幹麼？打王!?喂喂喂你可是考生啊得先打倒自己這個王再說吧？這傢伙搞屁啊。

在我為之恐懼時，又多了一個。

「呼。」

第二個偷懶的出現了。

那人也一樣扔掉自動筆，開始做伸展。然後偷偷摸摸從桌子底下拿出手機，開始高速下略。

學生以為沒被發現，其實站在講臺上看得一清二楚。嗯——如果我是老師，這裡是教室，絕對必須加以叮嚀。放過他們是怠忽職守。但我沒道理做到那個地步。

因此，雖然有股不祥的預感，我仍然保持沉默。

不久後，兩人的怠惰慢慢朝周圍擴散。

「嗯——」「唔。」「呼啊。」

逐漸感染其他人。注意力分散的症狀透過空氣感染。流行病。

整個客廳蔓延「呼」模式，還在拚命念書的只有兩個人。

兩個完全沒在念書的。約八個人不至於在摸魚，卻因為缺乏集中力的關係進度停滯。整體的學習效率一口氣降低。

好厲害。竟然能這麼明顯地看見怠惰在班上傳播開來。

「哥哥，過來一下。」

小町把我叫到走廊。在這邊講話就不會被聽見。

「才過三十分鐘，大家都懶了。」

「您發現了嗎，兄長。沒錯。一直都是這樣。在教室自習的時候也是，起初大家都很認真，然後就愈來愈鬆懈。」

「結果比想像中還念不進去，他們又會著急，才會導致緊張的氣氛瀰漫教室。」

「對呀。本來以為在小町家跟現役高中生一起念書，會比較能維持緊張感……還是老樣子。」

討厭──小町抱頭呻吟。

「我在旁邊看也發現了，同一個空間內有人偷懶，會影響其他人。」

「就算要偷懶，如果休息一下會再繼續念書，倒還沒問題。」

「每個人之間有差異嘛。不過連三十分鐘都撐不過，未免太快了。」

「對啊。怎麼辦？這樣跟平常一樣的說。」

可惡，那幾個偷懶的傢伙，竟敢害我妹難過。

「如果妳不介意用我的做法，這部分我也可以一起指導他們……可是……」

小町的反應跟看見獵物的鱷魚一樣激動。

「真的嗎!?那就麻煩你了，哥哥大人！」

「別叫我哥哥大人。但我的指導法可能會有點嚴苛喔。」

「沒關係！盡情發揮哥哥在侍奉社鍛鍊出來的問題解決技術吧！不然小町也可以幫點小忙！幫點小町忙！」

那個謎之可愛的忙是什麼東西？妳打算讓世界染上小町色嗎？住手，小町，染上小町色的只要有我一個就夠了。

「……好吧。那我盡量試試看。看我讓那幾個天真的傢伙見識一下自主學習的地獄。」

看我面帶奸笑，小町一瞬間露出「沒問題嗎？」的不安神情。

× × ×

「兩位可以過來一下嗎？」

「我、我嗎!?」

我拍拍在桌子底下玩手機的兩人的肩膀。當然是降職意義上的拍肩膀。感到恐懼吧。

「到這邊來。」

「你、你要把我們帶去哪裡!?」「我們會被教訓嗎!?」

「過來就對了。」

我把兩個偷懶的人帶到我房間。

「歡迎來到自我負責的教室。」

「哇，這個房間好多輕小說！」

「漫畫也好多！而且都是狂熱者喜歡的作品！看這些收藏，哥哥大人真的很內行！」

「你們非常優秀。所以我允許你們在環境更好的這個房間自習。就當成升級吧。」

聽我這麼說，兩人瞬間露出笑容。

「真的假的！我平常都跟弟弟共用房間，超嚮往自己一間房的！」

「在這個房間念書，應該也會很有效率！」

「好好集中精神吧。你們一定做得到。我看得出來。身為總武高中學生的我看得出來。」

「哥哥大人！」「大人！我們會讓你看見成果的！」

實際上是隔離。

箱子裡有爛掉的橘子，會影響整箱的橘子。必須把爛橘子扔掉。擁有一對死魚眼的我的房間，正適合當橘子房。

「那我就尊重你們的自主性，去盯著其他那些下級考生。這裡的書和參考書可以自由使用。」

「非謝！」「不盡！」

那個連簡稱都稱不上的答謝詞是什麼鬼。

「那個，哥哥。這個處分……該不會是？」

小町在樓梯下面等我。她似乎發現我做了什麼。

「嗯，很遺憾，就是妳想的那樣。偷懶的考生被我排除了。」

「咦咦──那他們會怎麼樣？」

「小町，我無法平等救助所有人。我能做的只有避免有幹勁的人受到影響。客廳的狀況如何？」

「嗯、嗯。託哥哥的福，大家又像種子發芽一樣打起精神了。」

「是嗎？那就好。上面那兩個回去前我會跟他們說，叫他們最好更有危機意識一點。」

「嗯，就這樣吧。因為他們兩個想考東大。」

不可能啦！從學習意志來看，已經看得出不可能了啦。哪個同學幫忙告訴他們現實啊。不講明白反而很殘酷喔。

十二個人裡面，將兩個不認真的人隔開，只留下認真的考生。這樣就能維持住讀書會的神聖性。

……理應如此。

× × ×

「哥哥，又出狀況了。」

我去了便利商店一趟，回家時，煩惱臉版本的小町前來迎接我，讓我有種賺到的心情。我要把它保存在內心的截圖資料夾，心裡暖暖的。不，現在不是做這種事的時候。

「那兩顆橘子該不會下樓了吧？」

「哥哥在心中是這樣叫人家的呀……沒有啦，你看了就知道。」

我從走廊透過門上的玻璃窗，觀察客廳的情況。

「……喂喂，怎麼又有人在偷懶。」

兩個女生趁我和小町不在，光明正大滑著手機。一個人在玩通訊軟體，另一個好像在玩遊戲。為什麼這些人都那麼愛打王？現在還在用功能型手機的我完全無法理解。

跟剛才一樣，她們倆的怠惰也傳染給其他人了。

裡面的人一個接一個拿出手機，讀書會變成滑手機會。

「要降落在哪裡？留前面觀察一下情況再出發嗎？」

「這次選漁村好了？」

其中還有人在打荒野行動。

這偷懶方式太誇張了吧！別給考生智慧型手機啊!!……呃，我認真的。大考時期如果有那種誘惑機，根本無法訓練集中力。小孩子因快樂而墮落的速度，跟往低處流的水一樣。

「怎、怎麼辦哥哥，這樣下去大家會上不了東大的！」

「原來所有人都是以東大為目標啊！那還滑什麼手機！那些傢伙的危機意識未免太低了吧……？」

「在學校聊志願的時候，大家因為受到氣氛影響的關係，一半以上的人都變得想以東大為目標。」

「超像派對咖會幹的事。」

本來因為他們太陰暗的關係，我還不敢相信，現在我瞬間接受了。

「那麼，那兩個在摸魚的女生平常是怎樣的人？」

「班上的開心果。」

「剛才那兩個被隔離的男生呢？」

「班上的開心果。」

「妳的班級只有開心果嗎？」

那個班到底有多歡樂。我一定受不了。不過仔細一想，小町也能當開心果耶。

只是不會自願去做。

那類型的人，果然容易缺乏專注力嗎？

「怎麼辦呢……」

「沒辦法。這次換成借妳的房間行嗎？」

「咦？該不會……」

「嗯，橘子就是要送進收容所。小町，把那兩個人請到妳房間。理由不用照實講。說『妳們很努力，所以升級成特別班』就行。」

「嗚嗚，好黑喔……好黑喔……」

小町咕噥著去找那兩個帶起偷懶風潮的女生。

這樣留在客廳的七個人，應該就能恢復專注力。

「……呵，贏了。呼哈哈。」

好好見識比企谷補習班驚人的隱蔽力、徹底的隔離力吧！

× × ×

「哥哥大人，我有問題想問！」

那個眼鏡女孩叫住我。

「喔，好啊……哪一科？」

「數學！」

「嗯，數學啊……」

數學不僅不是我擅長的科目，還是不擅長的頂點。每次考試都只有一位數。

不過這樣就好。我所有的力量都投資在擅長科目上。專精型角色。每種技能都東學一點西學一點，只會樣樣通樣樣鬆，無法對頭目造成傷害。

意即我是攻略組。為了攻略人生的那一天，大膽地將點數全砸在特定素質上。

「所以，有人會數學嗎？」

「什麼叫『所以』？」

「我想說妳看起來很聰明，提出來的問題等級應該也挺高的。」

「看起來很聰明……？」

眼鏡女孩變得怪怪的。

她目光游移，臉泛紅潮，呼吸紊亂。可疑到如果我這樣走在大馬路上，會立刻被警察抓去問話。

她在害羞？為何？

「不是我自誇。」她清了下嗓子。「小六的時候，我得過班上最認真讀書的獎。」

「完全是在自誇。」

不過小學時期確實有那種名字長得莫名其妙的獎。換個名字換個方式，頒獎給全班的人，是現在的風潮。但拿到那種獎我也不會高興，每個人價值觀不盡相同。

「我確認一下。妳不懂的是哪個部分？」

「二次方程式。」

「什麼？」

咦，二次方程式是什麼時候教的？

國二？還是國三？

不管怎樣，那可是國中數學的重點。我記得有很長一段期間都在教這個。

現在幾月？大考？咦？是不是不太對？

「二次方程式的哪裡不懂？」

「整體上來說都不太明白。說起來，『二次』是指什麼東西的二次，查了我還是看不懂。」

喂喂喂！這孩子沒問題嗎！

這不是現在該產生的疑惑吧!?

「呃，因為那是二次式的方程式啊？」

「二次式這個詞我知道，但也只是知道這個詞而已，不太能理解……」

「x乘兩次是二次項對吧？y則是一次項。這條方程式裡面未知數的最高次數是二，就叫二次方程式。」

其實二次方程式的應用題我就不知道解不解得出來了，如果她繼續追問，我沒自信答得出來。

眼鏡少女面色凝重。

「……什麼意思？我不懂那個概念。」

竟然問意思啊。

「意思……我也不知道。根本想不到二次方程式實際上要用在哪裡。」

「這、這樣呀，大人也不知道嗎？」

「妳是那個啦，想不通就沒辦法跟機器一樣解方程式的類型。」

「可能吧……」

「那放棄應用題吧。我不會害妳，現在只要念基礎就好。光這部分就能拿到不少分數。」

「……咦咦咦咦咦。」

她好像受到了打擊。

「數學那麼慘的話，其他科目必須非常努力。用擅長科目補足那部分的分數比較現實。跟我一樣專攻文科吧。」

「……喔。」

好險。

她看起來很聰明，害我誤會了，這孩子笨得可以跟小町拚。

虧她那麼認真，凡事真的不能盡如人意啊。

「以劍橋大學為目標，從基礎開始加油吧。」

這話不能當沒聽見，但我決定不管。

……太恐怖了。這裡是魔窟嗎？

× × ×

我上樓觀察二樓（隔離）組的情況。

先來到我的房間偷看。

「Fu！Fu！Fu！」

「這部漫畫超好看的——！」

如我所料，他們整個玩瘋了。

明明我帶他們來這邊還過沒多久，桌上已經堆滿輕小說及漫畫，筆記和課本被晾在一旁。

那兩個男生不知為何上半身全裸，用手機播放疑似跳舞影片的東西，雙手拿著漫畫和輕小說狂舞。

我說，你們這樣看得清楚字喔？文字會晃動，內容看不進去吧。

……看來他們因為考試壓力的關係，精神崩潰了。

這兩個人沒救了。幸好有隔離開來。

接著是小町的房間。

這邊總不會也把衣服脫了吧。要是我撞見那種場面，這一集就結束了。看見女生脫衣服還能得到原諒，是出包的男主角的特權（註26）。

我提高警戒，正準備確認裡面的情況。

「不能偷窺喔——」

小町潛行到我背後，嚇得我差點跳起來。

「……妳、妳！害我差點大叫！」

不愧是我妹。邊緣人技能也沒忘記學。

「你鬼鬼祟祟的在做什麼？」

「我在檢查那幾顆橘子的狀況。」

「直接進去不就行了？」

註26　指漫畫《出包王女》。

小町門都沒敲（那是她自己的房間，當然有權不敲門）就打開房門。

「妳們在念書嗎？」

「啊，小町。沒耶，現在在休息。」

「妳也在這邊休息一下如何？」

幸好她們沒脫衣服。不過，她們正在邊看手機邊吃巧克力。

「真是——這可是讀書會耶，不趁現在弄懂一個人念書搞不懂的問題，之後就糟了喔？」

「嗯，會啦會啦。再休息一下就去念書。」

「這款零食很好吃喔。新出的！」

八幡知道。這是最後並不會念書的模式。

「要適可而止喔。小町等等再來。」

我們走出小町的房間。

「……總覺得沒有讀書會的味道了。感覺像一堆人來我們家，各自找地方玩。」

「對不起，哥哥，演變成這麼奇怪的情況。」

「不，不是演變成奇怪的情況，是你們本來就很奇怪。」

「大家都是乖孩子！雖然變成得了考前憂鬱症的派對咖，他們人都很好！我對他們的第一印象不怎麼樣，不過相處過後，大家都挺友善的，是跟花輪一樣的稀有人才。」

「……的確，剛開始會覺得花輪是個討厭的做作男。」

大部分是小夫害的。

「走吧，顧好剩下七個就達成任務了。加上妳共八個人。」

這個結果離「達成任務」有點出入。儘管如此，我已經很努力了。

我有工作狂屬性耶。明明這麼討厭工作，要是我成為上班族，可能會變成社畜，好可怕。

× × ×

我回到客廳。

包含小町在內，總共八個人。他們是從嚴格的篩選制度下存活下來，以東大這扇窄門為目標的菁英。嗯，不可能。在書桌前面連三小時都坐不住，情況不妙。一個弄不好可是會走錯路，跌到最底層的。

至少想讓活下來的這些人考上第二志願。我如此心想，靜下心專心當個指導者。

數理科我沒什麼把握，但除此之外的科目絲毫難不倒我。

喀哩喀哩，喀喀哩喀哩。

八人發出跟搞笑藝人組合一樣的寫字聲（註27），貪婪地吸收知識。他們挺專注的。是隔離了橘子四人組帶來的結果。

過了一小時左右，他們依然沒有分心或聊天，專注於念書上。之前他們過沒多久就會偷懶，因此感覺起來努力了很長一段時間。

我的佛心也萌芽了。

「大家會不會渴？要不要喝點什麼？」

「啊，經你這麼一說，喉嚨好乾喔……」「如果有甜甜的飲料可以喝就好了……」「對啊，想喝甜的。」「大腦乾涸……」「麻煩哥哥大人了。」

「OKOK。我可以回應你們的期待。」

甜甜的飲料？

既然你們提出這個要求，答案只有一個。

僅此一個的明晰答案，是我早就料到會發生這種事……不對，我是邊緣人，所以完全沒料到會發生這種事……是我自己買了一整箱的飲料。

「啊，好甜……這是什麼？」「咦，咖啡？咖啡牛奶？」「嗚，好、好像有點太甜……」

註27 指日本搞笑藝人組合Kokoriko，寫字聲的擬音詞為Kokorikori。

沒錯，是ＭＡＸ咖啡。

來我家想喝甜飲料的話，我會拿它出來可謂自然的哲理，跟蘋果從樹上掉下來一樣。

蘋果還會掉在兒子的頭上，上面刺著一支箭（註28）。

「喝習慣就會上癮，也很適合拿來補充糖分。而且總武高中的人大家都在喝喔。」

「這、這樣啊！真是有意義的情報……」「那努力喝下去吧……」「這樣一想，總覺得變好喝了。」「會想再喝耶。」

呵，又不小心跟人傳教了。

但願我一步一腳印的貢獻，能帶來廠商送我ＭＡＸ咖啡一年份的美妙奇蹟。

「好了——大家，補充完糖分，一口氣提升10個偏差值吧！」

小町一聲令下，七個人「喔——！」將拳頭舉高二十公分。派對咖度比剛來的時候恢復了一些喔。念書念得順利，精神果然也會比較穩定。

考生們再度開始振筆疾書。

一切順利。我的侍奉力似乎也提升了不少。

註28 瑞士民間傳說中的英雄威廉・泰爾被捕時，當時的總督要他用箭射中放在兒子頭上的蘋果才肯釋放他們。

然而，事情沒有那麼簡單。

「呼。」

嘆了口氣，墮落到去滑手機的人，竟然是以劍橋大學為目標的眼鏡女孩！唔咦咦咦咦咦!?剛才認真向學的態度跑哪去了……

記得這傢伙不是在班上得過最有班長氣質的獎嗎？好像不是這個獎，應該差不多。為什麼感覺會站在認真界頂點的人，才念一下書就不行了！

「呼。」

還有小町。

等等等等，等一下等一下等一下。

喂喂小町同學，這究竟是吹什麼風？

「喂喂小町同學，這究竟是吹什麼風？」

能將內心所想直接說出來，正是家人的好處。我將小町叫到走廊上，毫不保留地說出真心話。

「……嗚嗚，左邊好像傳來懶洋洋的波動……小町沒有抵抗，注意力就中斷了。好神奇！」

「那就是懶惰波動的可怕之處。被它的巨浪吞噬就別想考試了。」

「真丟臉……」

「是說為什麼妳班上的人固定有一定數量的人在偷懶？那才神奇吧。」

「唔唔，不知道，從很久以前就是這樣。」

是小町的同學共通的特性嗎？再怎麼排除爛掉的考生，又會有其他人偷懶。這樣隔離就沒意義了。

「為什麼會發生這種事？」

「可能是因為大家是派對咖，容易被當下的氣氛影響。」

「唔——」

這道理說不通，但一直逼問小町也沒用，所以我沒講出來。

如果是會被氣氛影響的班級，大家都在專心念書的時候，不會有人偷懶吧。既然重視氣氛，就算不想也會去念書吧。

事已至此，我甚至懷疑他們是不是出於本能在偷懶。

本能……這時，我恍然大悟。

「啊，我知道了。螞蟻。」

「咦？」

「你們是螞蟻！」

小町的眼睛睜得跟盤子一樣大。一下是魚一下是蘑菇一下是松茸一下是盤子，她真忙。

×　×　×

我立刻著手重編讀書會的隊伍。

將共十二名螞蟻考生分成三組四人隊伍。A組在我房間，B組在小町房間，C組在客廳。

「分好了，這有什麼意義？」

「要解釋的話，必須說明一下工蟻的法則。」

「螞、螞蟻？」

「螞蟻跟人類一樣，是會建立社會的生物。可是不是所有螞蟻都會認真工作。也有偷懶的螞蟻。」

「我還以為偷懶的是蟋蟀。」

「嗯，蟋蟀被那則寓言害慘了。不過啊小町，實際上的蟋蟀完全不會偷懶喔。牠可是戒心強，努力活在每一個瞬間的蟲。」

「……喔喔。哥哥對昆蟲挺瞭解的嘛。」

「我有一本不錯的昆蟲圖鑑還滿貴的這不重要！現在在講螞蟻。妳聽好，據說在螞蟻社會，只有兩成的螞蟻會拿出全力工作。」
「兩成……」
「那兩成就是蟻界的社畜。由牠們拚命努力，解決大部分的工作。」
「剩下的螞蟻在做什麼？」
「剩下的螞蟻裡面，六成是凡人螞蟻。也是會工作，不過比起工作，更重視私人時間，是會準時下班的類型。只會把最基本的工作做好。」
「喔喔，是散發出『別找我說話』的氣息的人……」
萬一我未來要去公司上班，我也打算當那樣的人。
「認真的占兩成，缺乏生產性的占六成，而最後那兩成……完全不會工作。任何螞蟻集團都看得出這個傾向，所以叫工蟻法則。」
「螞蟻的世界也有尼特族問題呀。」
「不，這兩成偷懶組，緊要關頭時會死命工作。從生物學的角度來看，似乎是一種保險。如果所有人同時工作，生產性是會暫時提高沒錯，但他們會同時耗盡精力，社會反而會變弱。那兩成偷懶組就是用來為了防止這種事發生的。」
「……噢——好周到的機制。」
知道這件事的時候，我不禁深受感動。
邊緣生活在社會上也有其正當性！太棒了，我做到了！……這種感覺。冷靜一想，緊要關頭會被操得比其他人更厲害，根本划不來，不如說平常很輕鬆，忙碌期就是地獄，實在稱不上過得好。

然而，所有人為了一個目標猛烈工作的時候，我可不想扯上關係。我討厭人人為我，我為人人的氣氛。

所有人被一個人扯後腿，一個人被所有人扯後腿……這樣倒是挺符合我所知道的現實，非常能認同。

不管怎樣，假如遇到那種情況，平塚老師應該會指名我，將不合理的要求塞過來。

當然是強制侍奉！黑心社團！而隸屬於那個社團的我是社畜，得不到救贖。

「欸欸，如果召集那兩成優秀的螞蟻，不是會變得很壯觀嗎？全是能幹的螞蟻耶。大勝利。」

小町說的是經常有人提出的意見。

可惜現實沒有那麼簡單。

「那個情況下，仍然會分成兩成、六成、兩成的比例。也就是說即使全是菁英螞蟻，其中的兩成還是會自動偷懶。」

「什麼！」

「集團心理就是這樣吧。」

「……人類真糟糕。」

「嗯，有史以來人類沒有不糟糕過的。翻開世界史課本就知道。幾乎每一頁都會見血。」

「那大家一起考上東大是不可能的囉……」

「因為妳的班級不是後段班辣妹，而是後段班啊。」（註29）

連身為全班智慧象徵的班長（雖然不知道她是不是班長）都那副德行。

「只不過，既然工蟻法則在妳班上發動，代表不是個人的問題。那也不是沒辦法解決。」

「所以才把大家分組嗎？」

「沒錯。然後啊，我等等要去每一組巡視，做某件事。今天大家要念到幾點？」

「小町跟他們說六點，還有四小時左右。」

「四小時啊。ＯＫ。看好我的計畫會不會發揮效果吧。順利的話，說不定連在學校都能派上用場。」

「嗯、嗯。那為了避免嚇到大家，小町先去跟大家說哥哥要在各個房間晃來晃去？」

註29 梗出自小說《後段班辣妹應居考上慶應大學的故事》。

「不必，讓他們害怕比較好，不用跟他們說。」

「……咦咦，哥哥要做什麼？」

那麼，這場實驗是否會順利呢。

× × ×

每組分成男女各兩個人。

首先來到我房間。A組在這裡念書……並沒有。

「Fu－！Fu－！Fu－！」

「Hi－！Hi－！Hi－！Hi－！」

漫畫跟輕小說，零食跟手機。以及不用擔心父母在盯著自己的房間。

此處正是國中生應該會嚮往的墮落環境。

所以這個唱唱跳跳的極樂世界也是無可奈何……怎麼可能啊！

「大家好——偉大的講師來了喔——」

我們都沒敲，殺進房間，四人瞬間藏起手機正坐。

然而，他們沒時間藏漫畫和輕小說，無法掩飾偷懶的痕跡。

「啊——沒關係沒關係。別介意。我也要寫功課，大家別管我。」

「那、那個……你不生氣嗎？」

其中一名男生提心吊膽地問。

「你們是在自主學習，我沒道理生氣啊。而且對考生來說休息也很重要。按照自己的步調念吧。」

我坐到書桌前面，然後真的開始寫功課。

螞蟻考生們露出鬆一口氣的表情，不過我在認真寫功課，他們不敢繼續玩樂的樣子。有個人提議「那，差不多該繼續念書了」，那些傢伙便慢慢打開課本及筆記。

不是繼續念書，是開始念書吧。我將吐槽留在心中。接著在內心告訴他們。

……現在開始，你們將成為受刑人，而不是考生。在三座監獄裡被迫遵循法則念書，與自身的意志無關。

過了約十分鐘。

包含我在內的五個人，都還在專心動筆。

不過，我的斜眼雷達偵測到有個女生開始扭來扭去。注意力分散了。是時候了。好，動手。

「……呼啊～！」

我故意打了個大哈欠。

四個人同時嚇到，挺有趣的。

「啊啊~累死我了，寫不下去啦~休息一下！」

我用力躺到床上。

四人睜大眼睛，凝視形跡可疑的我。

「啊——抱歉，可以把那本漫畫拿給我嗎？」

我隨便指向一本漫畫。

「給、給你……」

少女將漫畫遞給我。

「那個零食看起來很好吃耶。可不可以分我一點？」

我未經許可，擅自將人家的零食扔進口中。

看見我跟他們一點都不熟，還敢做出各種暴行，四位國中生連眨眼都忘了，愣在那邊。

「啊——好累！真的好累。誰想念書啊。對不對？」

我向碰巧跟我四目相交的少女徵求同意。

「不、不不不……書還是要念……」

她不停搖頭。

我露出奸笑，盡量讓眼神顯得頹廢。

少女用「這個廢人是怎樣……」的目光看著我。就是要這樣，傻眼吧。把高一個等級的我的廢人樣烙印在眼中吧。這樣這個房間的懶蟻寶座就是我的了。

那四個人大概是不太想跟我有交流，面面相覷，逃去專心讀書。這也叫逃避現實嗎？

螞蟻跟人類都以二、六、二的比例分成菁英、平凡、廢物。所以只要分成四人一間房，我一個人故意耍廢，廢物的位置就會被我占走。

問題也解決了，還能偷懶。可謂一石二鳥的奇策。

我盡情耍廢了一段時間，承受足夠的輕蔑。

接下來換小町房間的B組。

「抱歉小町，突然跑來打擾，我要在這裡寫作業。」

小町和眼鏡少女都安排在這間房間。

「嗯、嗯。哥哥，當然可以呀。哥哥突然跑到妹妹的房間寫作業，是非常自然的行為。用小町的書桌吧。」

我們事先商量過，卻沒準備劇本，導致小町的語氣超級僵硬。明顯有鬼，但我決定硬著頭皮上。

「嗯，借一下。大家不好意思啊。別理我，念你們的就好。」

小町以外的三個人，因為事發突然而瞪大眼睛。

我跟剛才一樣，開始寫作業。等了十分鐘。儘管B組還沒有鬆懈的跡象，我依然啟動了耍廢模式。

「啊——好累——真的好累——沒幹勁啦——」

我撲到小町床上。

「唉——哥哥真的好廢。」

「小町，拿妳房間最好看的漫畫給我看。」

「別看漫畫了，去寫作業啦。」

「沒關係啦，作業隨便寫就好。我要看漫畫！」

我隨便從書架裡抽出一本書。

那不是漫畫，而是某本入門書。

《每個人都能靠一日五分鐘的訓練學會！　蘑菇眼的做法》

妳、妳在看這種書啊？原來那是人工的光芒。有這種東西，女孩子的可愛記號我一個都不信了……我在內心感到恐懼，但把它放回去又有點那個，便悠悠哉哉地看起來。

……挺有趣的。感覺我也做得到。是嗎，重點在於淚腺的用法……原來。噢，不行不行，得記得散發鬆懈的氣息才行。

我邊看邊從全身釋放懶人氣息。到我這個等級，就能自在操控懶氣。「懶氣」這個詞念起來挺可愛的，語意當然一點都不可愛。用擬聲詞來表達就是油膩膩、黏答答、亂糟糟。

「唔……？」「這、這是……？」「這股氣是什麼……？」

不愧是容易受到影響的人。挺會讀空氣的。他們應該明白我是這間房間最廢的男人了。

哎呀，這個計畫真有效。太有效了，害我笑得停不下來。這種態度使我顯得更加詭異，B組的兩位男生嚇得臉色蒼白。

我對他們兩個說：

「沒考上高中會更慘喔。畢竟會淪落得比我更廢。」

「啊哇哇。」

他們瑟瑟發抖，拿我當反面教材，重新認真開始念書。

最後是C組。都第三次了，我也習慣了。

在這邊我也完美地耍了廢。耍廢技術提升，從進入房間到耍廢，只需要短短五分鐘。而且一點都不會不自然，我肯定有耍廢的才能。

C組一面留意著我這個脫隊者的存在，一面拚命點燃念書動力，避免變得跟我一樣。

可喜可賀可喜可賀。

但這些傢伙的忍耐力持續不久。光巡一遍無法統統解決。

「嗨，各位考生，又要麻煩你們啦。」

「又、又來了嗎——!?」

突襲A組。你們該戰鬥的敵人不在手機裡面，在這裡。我就是你們要打的王！

接著便是重複這個過程直到六點。

×　×　×

「小町同學，今天謝謝妳。總覺得比平常還要能集中精神。」

「……不、不會。沒什麼好謝的。有提升大家的讀書效率就好。」

「超有效率的。這樣應該能考上第一志願。」

眼鏡女孩一鞠躬，其他人慢了半拍，也跟著僵硬地低下頭。

「謝謝比企谷學長！託你的福感覺考得上東大啦！」「比企谷學長，真的謝哩！」

「……也謝謝哥哥大人。」「……那個，嗯，謝囉。」

喂喂喂你們對比企谷兄妹的道謝明顯有溫度差喔。真心話再掩飾一下啦。

算了，他們應該把我當成非常識講師而不是臨時講師（註30），這反應很正常。

「你們幾個，以後讀書會人數要壓在四個人以下喔。」

「咦？為什麼是四個人？」「……誰知道？」

那群國中生疑惑地踏上歸途。

「這樣委託就達成了。」

「嗯——是沒錯，可是沒關係嗎？大家都把哥哥當成怪人了。」

「無所謂，反正應該不會再見面了。而且我覺得只有這麼做才能讓他們集中精神。」

「是啦。哥哥幫小町解決問題，嗯，小町很感謝。不過被班上的人誤會，有點可惜的說——」

「事情本來就很難做到完美。再說妳可是偉大的妹妹喔？這種時候就乖乖感謝哥哥吧。光這樣就差滿多的。」

「差滿多……什麼東西差滿多？」

我沒回答。因為講出來有點不識趣。

不過真的有差。跟我在侍奉社做的事真的有差。我完全不覺得自己有為此

註30 臨時講師日文為「非常勤講師」。

犧牲。對那些國中生的印象也不差。反而心生同情。因為他們絕對考不上第一志願……

為什麼會有差呢？

一定，大概是因為，小町對我而言是如假包換的家人。

這種話的確說不出口。事關哥哥的面子。

然而，小町似乎察覺到了。

「謝謝哥哥。」

「……嗯。」

看，果然只要有這句話就足夠。

「感謝歸感謝……但在小町這邊並沒有加分喔。」

「……別在最後玩梗啊。」

小町露出天真爛漫的笑容。

（完）

平塚靜和比企谷八幡某天假日的度過方式。

天津向
插畫：うかみ

我，比企谷八幡醒來的時候，已經過了下午一點半。

我思考著自己為何會睡到這種時間。

對喔。昨天我用手機隨便載了款小遊戲玩，結果比想像中還沉迷，想著「明天放假，乾脆能玩多久就玩多久好了」，結果不小心玩到天亮。話說回來，難得的假日睡到下午才起床時的倦怠感真驚人。浪費掉一整天的感覺苛責著我。

……然而，我很快就轉念一想，這種事只是家常便飯。不如說上禮拜我傍晚才起床，浪費掉一整天。考慮到這一點，我今天反而算起得早耶。太棒了。意思是我會撿到三文錢囉（註31）。睡這麼久還能撿到三文錢，真是太棒了。

註31　日文有句諺語「早起可得三文錢」，意為早起會有好處。

對喔，三文錢換算成現在的錢是多少？我用手機搜尋「三文　現在的價值」。我看看……嗯嗯，每個時代各不相同，差不多一百日圓左右……不錯啊。意思是我免費賺到一百塊囉？很幸運嘛。問題是那一百塊錢現在在哪裡。

想著想著，我肚子叫了。好，去找一百日圓前，先填飽肚子吧。我走向客廳。

「喂——小町。有早餐吃嗎——？」

我邊想「現在好像不是吃早餐的時間」邊呼喚小町，客廳卻半個人都沒有。

嗯？平常會懶洋洋地看電視的小町跑哪去了？這時我想起昨天小町在客廳說過的話。

『明天小町要跟學校的朋友出去玩，哥哥要自己吃喔！反正哥哥一定會熬夜到天亮，睡到下午才起床，還覺得自己沒睡到晚上真是賺到了。』

哇——這傢伙有超能力嗎？還是說我變得跟只會按照固定模式行動的ｂｏｔ一樣了？兩種可能性都好討厭喔。

我想著「不知道哪個比較討厭」，但比起那種小事，現在要先解決我肚子餓的問題。怎麼辦呢？嗯——我打開冰箱，沒有能直接吃的東西。我又不想在只有一個人的時候開伙。小町說「我想吃這個——！」的話，我是會想煮給她啦……

那麼，我該如何是好？在我煩惱之時，發現餐桌上有張紙條，便將它拿起來。

『留言！反正哥哥八成會覺得「自己煮好麻煩，小町在的話我倒是可以煮給她吃啦」，小町把媽媽給的餐費放在這裡！不要亂花喔！』

原來如此。看來可以確定我不是ｂｏｔ，而是小町有超能力。這樣她可以說是超能力者小町了，去當模特兒給爸爸畫都不奇怪的等級。（註32）

我邊想邊抽走放在紙條旁邊的千元鈔票。嗯，如果能把午餐的消費壓在九百塊以內，真的能賺到三文錢。

於是，我換好衣服踏出家門。煩惱了一下要去哪吃飯，最後決定去站前新開的拉麵店。吃我家附近的定食店也不是不行，不過我想度過「假日開拓了一家新店耶」這種有現充感的一天。順帶一提，這句話我沒打算跟別人說。

好啦，不只這個念頭，我要再說一遍，千葉是拉麵的激戰區。意即將拉麵店開在千葉，等於是選擇踏上有一堆好吃店家的「修羅之道」。我必須去嘗嘗那份覺悟的滋味。順帶一提，這也不是因為有人跟我說過。

走到車站差不多要十分鐘吧。我悠哉地走向車站。

紅燈亮起時，我拿出手機玩昨天載的遊戲。嗯——到底哪裡好玩啊？不停用菜刀切飛出來的蔬菜的遊戲。是深夜時段太亢奮了嗎？喔，掉下來的蘿蔔、紅蘿蔔那些蔬菜還算好切，嗯，等一下，這是萵苣，還有四季豆？四季豆太小，不好切，所

註32　梗出自《超能力魔美》。女主角魔美擁有超能力，會擔任身為畫家的父親的模特兒。

以要仔細瞄準……看招——！

……沒砍中。遊戲結束。好，我可不能這樣就放棄。我準備按下繼續遊戲的按鈕。

這時。

「喂，少年。你在這種地方幹麼？」

我抬起頭，熟悉的面孔戴著墨鏡，坐在停在路邊的車子裡，從車窗對我揮手。

那個人是平塚靜。我高中的國文老師，兼任生活指導老師，是把我塞進侍奉社的罪魁禍首。

「早就綠燈囉。」

往上方一看，綠燈已經開始閃爍，在我心想「啊」的瞬間轉為紅燈。

「平塚老師，您問我在做什麼，答案是切蔬菜。」

「這句話由你說出口，聽起來像奇怪的妄想……」

「那您又在做什麼？」

「喔，我要去吃拉麵。」

「咦？」

我驚呼出聲，平塚老師愣了下。

「怎麼了？我看起來不像不會吃拉麵的人吧。」

「沒有，我也正想去吃拉麵，覺得很巧而已。」

「你也是？這樣啊……好。」

平塚老師拿下墨鏡，豎起大拇指指向車內。

「先上車。」

「咦？」

「我們的目的都是吃拉麵。在這邊遇到也是有緣，一起去吧。」

「咦？可、可是。」

我想了許多，判斷八成會惹事上身，打算拒絕這個邀約。對喔，我想到她還出了國文作業。珍貴的假日要被老師念東念西，我可受不了。

「哎呀——我覺得學生和老師走在一起不太好，這次還是算了吧。」

「我請客。」

「我不客氣了。」

與其被她繼續糾纏，我選擇了口袋裡的一千元，也就是三十文。

這輛車大概是沒打算用來載人，後座放著紙箱，完全不像女性的車子。

「光看這輛車，就看得出老師沒有跟男性交往的經驗。」

「比企谷，算你有種講出這句話。小心我把你在校內的評價到處跟人說喔。」

這人怎麼有辦法用如此平靜的語氣，講出這麼不講理的話。這根本是職權騷擾吧。

「所以，你本來打算去哪家店？」

「啊，站前那家新店。」

「啊——那家啊。原來如此。原來如此。原來如此。」

平塚老師說了好幾遍。

「怎麼了嗎？」

「比企谷，你搞不好被拉麵之神愛著。」

「咦？拉麵之神？」

我納悶地看著正在開車的老師。

「嗯。你在那邊遇到我，就是這麼一回事吧。」

說完這句話，平塚老師忽然打方向盤在前面的十字路口掉頭，開往我要去的拉麵店。

「那個，老師，剛才那句話的意思是？」

「等到了再說。」

我一頭霧水，直盯著前方。

開了五分鐘左右，我們抵達站前。平塚老師坐在車上，把車停在看得見店家的位置。

「中午的營業時間快結束了。看得見嗎？」

我望向預計要去的那家店。招牌上印著大大一張店長跟疑似拉麵師傅的人的合照。

「招牌真壯觀。」

「是沒錯，但我要你看的是那個。有沒有看見？」

平塚老師邊說邊打開我坐的副駕駛座的窗戶，解開安全帶，探出上半身往車外看過去。呃，您有點靠太近。胸部就在我的臉前面，這麼近即使是我也會心跳加速。

「你看。」

我不知道她叫我看哪裡，臉頰有點發燙，馬上意識到她指的是拉麵店，望向那邊。招牌上的店長本人在站著抽菸。

「雖說已經過了午餐的尖峰時段，這裡可是站前。店長卻在外面。」

「……意思是，沒有客人嗎？」

「嗯，或者是——」

平塚老師開口的瞬間，店裡走出一名客人。店長並未特別跟那位客人點頭致意，只是默默抽著菸滑手機。

「讓其他人負責煮拉麵。看來是後者。」

「不過，也有可能是煮完麵了才到外面來。」

「可是不會想看客人吃完的反應的拉麵店店長，不可能是一流的。他對剛剛離開的客人就連聲招呼都沒打啊。」

平塚老師說得沒錯。自己煮的東西──例如小町點的菜，我也絕對會想看小町吃的時候是什麼反應，甚至連吃完的反應都想看。

「看他把自己跟師傅的照片印在招牌上，是在借別人的兜襠布熬拉麵湯頭吧。」（註33）

不是相撲而是熬湯，這人改編得真好。在我心想之時，平塚老師坐回駕駛座上，吐出一口氣。表情看起來有點悲傷。

「雖然我不太想相信給店家打分數的軟體，這家店在那個軟體上的分數也全是低分。上面寫著『味道普通，不過店長那傲慢的態度讓麵吃起來都變難吃了』之類的評價。」

「這樣啊。」

沒想到平塚老師這麼熱愛拉麵。

不對，之前跟她一起去吃拉麵的時候就有感覺，現在重新體會到了。

註33　改編自日本諺語「借別人的兜襠布比相撲」，借花獻佛之意。

「也就是說，我不想帶你來這家店。你覺得呢？」

「您問我意見……聽您這麼說，我的確變得不太想去了。」

「對吧對吧。」

平塚老師高興地點頭，可是看到老師這樣，我有點想逗她一下。

「只不過，我對您有點幻滅。」

「幻滅？」

平塚老師挑眉瞪過來。

「您的心情、心得，如實傳達給我了。但我覺得您身為國文老師，只靠資料及網路上的評價為一間店打分數，不太符合您的作風。」

平塚老師聞言，不再瞪我，而是望向擋風玻璃前面。

「將透過自身經驗得到的感想轉化成言語，才像國文老師嗎？」

「至少我認為您有這樣的一面。」

「你這個人真的是……百聞不如一食，那你看看這個。」

平塚老師從掛在肩上的包包中拿出錢包，抽出一張卡片。

上面寫著眼前這家拉麵店的店名，是蓋了兩個章的集點卡。

「咦？這是。」

「我有那家店的集點卡，自然只有一個意思。」

「老師，您去過那家店嗎？」

「我以為拿資料跟你說明會更有說服力，才用那種形式介紹那家店，如果講明白一點比較好，我就直說了。」

平塚老師將臉湊近。

「那家店很難吃。」

「……瞭解。」

「好，那我開車囉。」

車子倒退了一段距離，平塚老師轉動方向盤，繼續向前開。

最後決定直接開往平塚老師今天想吃的店家。

「老師真的很喜歡吃拉麵。」

「之前也有過這樣子的對話。」

沒錯。記得當時是……

「在您表妹的結婚典禮上。」

「喔，對對對。記得是家人在婚禮會場瘋狂對我施壓，我想逃跑時遇見你。是嗎……都過這麼久了。」

平塚老師忽然望向遠方。這眼神是怎樣？什麼樣的情緒？

「之後我表妹很快就懷孕了，前陣子還懷了第二胎。」

「這樣啊。恭喜。」

聽見我的回應，平塚老師目光變得更加惆悵。

「前陣子我去參加親戚的法事時，那些親戚也東一句『小孩子好可愛』，西一句『小靜不結婚嗎』。」

呃啊……雖然我沒遇過這種事，她八成覺得如坐針氈吧。等我畢業變成尼特族的話，也要注意絕對不能去親戚的聚會。但我本來就幾乎不會去參加聚會。

「自從那一天起，我的父母就會用ＬＩＮＥ拚命傳表妹的小孩的照片給我看，大概是跟她交換了聯絡方式。一句話都沒說。」

「一句話都沒說？」

那就是最大的暗示……我如此心想，卻沒說出口。

「我能做的最大抵抗，就是對那些照片已讀不回。」

平塚老師。妳看著遠方絕對很危險，先不要吧。我看妳都有可能看不見眼前的車了。

我設法改變話題。

「對了！沒想到當時的約定會以這種形式實現。」

「約定？……喔，去吃我推薦的拉麵店嗎？我記得。不過這次不算啦，這次比較接近衍生作。」

「是嗎？」

「是啊。等你畢業想帶你去吃的拉麵計畫，制定得差不多了。像今天這種突發狀況也算的話，我的計畫就白費了。」

計畫？這麼誇張啊？平塚老師對拉麵確實熱愛到隨口問一句，她會給予十倍——不，百倍的回應。

「因為我已經把店家候補刪到剩下四十家。」

「刪過了還有四十家？很多耶！」

「說什麼傻話。根據資料顯示，二〇一八年千葉縣有一千兩百九十八家拉麵店。我可是從中挑出了四十家。」

「呃，不過——」

「好了好了。總之敬請期待畢業後。」

平塚老師笑得這麼開心，使我感到恐懼。老師長這麼漂亮卻沒男人緣的原因，線索說不定就藏在這裡。

「但我剛剛也說過，今天算是偶遇的外傳。我也只是去自己想去的店家而已，不用那麼緊張。」

「這樣啊。那好。」

我鬆了口氣，望向窗外的風景。

「到了，就是那家。」

平塚老師將車子停在停車場，走沒多久就看見一家拉麵店。

「咦……老師，那家店是──」

「沒錯。那家名店。」

我對那家店的第一印象是紅色，從牆壁到招牌全是紅色。招牌還用了金色，浮誇得令人卻步。

招牌上寫著一行字。

『日本第一美味辣味拉麵　蒙古湯麵中本　船橋店』。

「這家店不是中本嗎！」

「就知道你聽過。」

「當然聽過。這家是常上電視的辣味拉麵。」

對喔，聽說中本最近到千葉開店了，沒想到是開在船橋。

「我也還沒來過，想說今天要來看看。」

「是嗎？不過吃辣的沒問題嗎？」

平塚老師呵呵一笑。

「嗯，應該不會辣到那個地步。你放心。」

「我想也是。」

說是這麼說，這家店都上過電視了，表示有一定的辣度吧。我有點不安。

「先去排隊吧。」

我跟在老師後面。儘管稱不上一條人龍，前面有幾個人在排隊，因此我們移動到最後面。

「是說這個隊伍真壯觀。」

「不不不，平塚老師，這種程度還好吧。」

「笨啊，比企谷。看看現在幾點。」

經她這麼一說，我望向時鐘，現在時間下午兩點半過後。

「下午兩點到下午五點，對拉麵店來說是不會有客人的『空閒時間』。這個時段店家經常休息。」

確實，根據我的印象，那三個小時很多拉麵店都沒開。

「這家店在空閒時間卻有人排隊。表示不會有問題。」

「這樣啊，原來如此，我懂了……不過平塚老師，這您又怎麼說？」

我指向貼在店面外牆上，推測是店長的帥氣大叔穿著紅色道服豎起食指的照片。

「剛才在站前那家店，您不是說過把自己的照片印在看板上有點那個嗎？」

「噢，原來。但我記得他是白根社長，蒙古湯麵中本的第二代傳人。所以沒關係吧。」

……呃，那個理由我完全無法理解耶？這樣好嗎？妳對這家店會不會有點太偏心？

想著想著，隊伍前進的速度比想像中還快，我們馬上進到了店內。

「「「歡迎光臨！！！！」」」

店員也幹勁十足地招呼我們。像我這種陰沉的傢伙一個人來，恐怕在入口就會被他們的幹勁嚇到折返。

店內的色彩以白色為主，櫃檯是ㄈ字形。整面玻璃牆讓店內採光充足，感覺十分明亮。我左顧右盼，平塚老師站在餐券販賣機前面。

「您要點哪道？」

「呃，老實說我很煩惱……這個叫北極的似乎最有名。」

我望向餐券的按鈕，有註明辣度。上面寫著「北極拉麵　辣度9」。

「老師，這道拉麵辣度9耶，您受得了嗎？」

「放心。最高辣度是10。大概還行。」

「是這樣嗎？」

「那個有名的拉麵美食家『面田邊留藏(註34)』先生也說過吧……踏進拉麵店就要去感受拉麵店的心意，順著店家的想法走，才是真正的吃拉麵。」

「我才沒聽過那種名言！那個叫『面田邊留藏』的人是誰啊，這名字怎麼看都是亂取的！」

「總之我要點北極。你呢？」

「『面田邊留藏』先生說的話沒能撼動我……所以我要點這個辣度5的蒙古湯麵。」

聽見我的選擇，平塚老師垂下肩膀。

「你真的很膽小……所以才一直做不出選擇。」

「做不出選擇？」

「……沒事。我在自言自語。」

老師按下餐券的按鈕遞給我。我不知道該如何是好，像個可疑人士一樣東張西望，和店員對上目光。

「兩位請。」

店員親切地帶我們入座。我和平塚老師並肩坐在櫃檯座。店員走到我們面前，

註34 音同「要去吃麵囉」。

我們便將餐券遞給他。

「不好意思，北極要『麵半』。」

「瞭解。」

「還有ＬＩＮＥ的『切蛋』。」

「瞭解！」

笑著接待客人，精力十足的店員回到廚房。

「好，接下來就等麵送上來了。」

「呃老師，您整個超像常客的！」

平塚老師過於流暢地唸出我只在這邊聽過的詞彙，害我大吃一驚。

「您真的是第一次來這家店？」

「當然。」

「那為什麼您講得那麼順？」

「到從來沒去過的店，預習是很重要的。」

老師挺胸回答。

「預習嗎？」

「沒錯。去中本之前，我在網路上搜尋許多資料，『麵半』是指麵量減半，ＬＩＮＥ的『切蛋』是只要拿有加中本ＬＩＮＥ官方帳號的畫面給店員看，就會免費送一顆切片水煮蛋的樣子。」

原來如此。是這麼一回事啊。我都沒想過要預習。不過，經她這麼一說，只要事先預習，能像老師那樣流暢地答出這些情報，或許並不奇怪。

我環視店內。店裡貼著社長上電視時的照片，還有許多藝人的簽名。可見這家拉麵店有多麼受到矚目，還有媒體幫忙宣傳。

可是，期待值上升的同時，我也有種「如果店家只是因為方便利用才上電視，這樣好討厭喔」的想法。再說，跟第一家店的店長一樣，把店交給其他人顧的同時，「這樣不對吧？」的感覺就在我心中揮之不去。

「……侍奉社運作得還順利嗎？」

老師忽然提問，我將視線移回她身上。她拿起桌上的水瓶，往我的杯子裡倒水。

「誰知道呢？我不這麼認為。」

「為什麼？」

「順利的話，待起來應該會更不舒服才對。」

平塚老師聞言，露出成熟的微笑。

「不能盡如人意才是青春啊。」

她高興地用左手揉亂我的頭髮。我不知道她在高興什麼。她開心是很好啦，但如果不能盡如人意才是青春，早一秒也好，我想盡快脫離那個青春舞臺，在尼特舞臺度過快樂的生活。能讓爸媽養多久就耍廢多久。

「這是您的蒙古湯麵。」

在我們聊天時，店員拿著大碗站到我面前。咦，上餐速度比我想像中還快耶。

我邊想邊望向放到眼前的蒙古湯麵，啞口無言。

「不好意思，你是不是送錯餐了？我點的是蒙古湯麵，北極是旁邊這位小姐的。」

「啊，沒錯喔。那就是蒙古湯麵。」

店員笑著回答，我倒抽一口氣。因為蒙古湯麵的湯頭紅到害我誤會，看起來非常辣。

目所能及之處堆滿紅色的麻婆豆腐，勉強能從麻婆豆腐的縫隙間看見高麗菜等蔬菜。

「看起來好辣……不過，好好吃的樣子。」

我感覺到美味的香氣凌駕赤紅湯頭的瞬間，從大碗散發出的香氣，帶有味噌的風味及蔬菜的甘甜，讓人想快點開動。

「久等了，這是您的北極麵半，附贈ＬＩＮＥ的切蛋。」

這時，平塚老師的拉麵送上桌了。看到那碗麵，我恨不得收回自己剛才的發言。

我在說什麼啊。沒錯。這才是北極。

老師面前的，是在鮮紅湯頭上放著豆芽菜的麵，白色豆芽菜與紅色湯頭形成美麗的對比，同時也將湯頭的紅襯托得更加明顯。

「喔——好紅。看起來不錯吃。」

看到那碗麵，平塚老師顯得異常興奮。

「老師，您吃得下去嗎？看這顏色，應該頗辣的喔。」

我戰戰兢兢地問。

「哎，只能吃吃看囉。」

平塚老師話剛說完就離開座位，從餐券販賣機旁邊拿了兩件紙圍裙給我。

「謝謝。」

「好，開動吧。」

我們同時對眼前的拉麵合掌。

我先用湯匙舀了一口湯。將參雜麻婆豆腐的湯送入口中時，我滿腦子只有一種情緒。

「好吃！」

這碗麵給人的感覺很辣，所以我本來還在擔心，我的不安卻瞬間被驅散了。湯頭就是如此濃郁，一起吃到的麻婆豆腐確實很辣，但不會被辣味蓋過的美味，支配著碗中的內容物。

接下來吃的是蔬菜。蔬菜也燉得很爛，入口即化，跟湯頭非常搭。我心想「可能是因為我昨天玩切蔬菜的遊戲玩到天亮，讓我對蔬菜莫名有愛的關係，才會覺得蔬菜吃起來特別美味」，接著立刻發現這兩件事毫無關聯。

最後是麵。

這道料理不是淋了麻婆豆腐的蔬菜湯。其中的主角——麵條能跟其他食材較量到什麼地步，這一點才重要。我可不希望迎接「除了麵條都很好吃」的可悲結局。

我害怕地夾起麵，放入口中。然後慢慢咀嚼。

這……

太美味了。

中粗麵很有嚼勁，咬斷麵條的瞬間，小麥的風味擴散開來，支配口中。跟湯頭的滋味融合在一起，和蔬菜也很搭，又不輸給麻婆豆腐的個性。沒想到會是這麼完美無缺的麵。

「老師，這什麼東西啊。超好吃的。」

「是啊。說到中本先生，大家容易著重在辣度上，不過單從拉麵的角度來看，這家店也很美味，所以才會這麼受歡迎。」

語畢，平塚老師豪邁地吸起麵來。我偷偷觀察她。

她毫不猶豫吃著染成紅色的麵條。額頭都冒汗了，把頭髮撥到耳後的模樣卻異常性感，害我因為吃辣之外的原因而臉紅。

「嗯？怎麼了？」

平塚老師察覺到我的視線，一面用餐巾紙擦嘴，一面看過來。

「啊，沒事沒事。什麼事都沒有。」

我大口吃著眼前的蒙古湯麵，以掩飾害羞。

吃到一半左右時，我感覺到辣度在慢慢累積。麻婆融入湯頭，味道自然會產生變化。美味的拉麵變成辛辣美味的拉麵。

我吃得滿頭大汗，卻還是沉浸在它的美味中，專心致志地吃著麵。

「謝謝招待。」

不知不覺，平塚老師已經把北極吃完。我也吃了九成左右，因此我急忙吃完剩下的麵，合掌說道「謝謝招待」。

「好吃。」

「蒙古湯麵就已經很辣了，您真厲害……可以分我一口湯嗎？」

「好啊。」

我用湯匙舀了北極的湯喝下去。吃完蒙古湯麵後，對辣味也習慣了，應該沒問題吧。看，還行啊……

這個想法只維持了一瞬間，辣味迅速充斥口中。

「好、好、好辣！」

「比企谷，你未免太誇張了。沒那麼辣吧。」
「沒、沒有！真的很辣！」
我急忙將水杯裡的水一飲而盡。可是喝完水後，比剛才更辣的第二波辣味緊接著襲來。
「！～＃＄％＆＠＆＄％！！！」
「啊，忘記跟你說，吃辣的時候喝水會覺得更辣，要小心喔。」
「太晚說了！」
我的臉立刻冒汗，率先走出店門。
我和平塚老師回到車上。開車的途中，我因為嘴裡的辣味尚未消退，吐出舌頭，用手搧風。
「你不擅長吃辣耶。」
「不不不，我一直不覺得自己不擅長吃辣，這個是例外啦。」
「可是很好吃吧？」
平塚老師驕傲地說，我緩緩點頭。
「確實超好吃的。最後那口北極的湯也是，辣度令人印象深刻，底下卻喝得出湯的美味，受不了。」
「說得好，說得好。」

老師強烈贊同。

「不僅好吃，分量也很驚人。那個量是怎樣？我肚子飽到不行。」

「對啊。中本先生分量多，視情況而定，CP值高到一天吃一餐就夠。」

「……平塚老師，您真的是第一次吃中本嗎？」

「嗯，對啊。怎麼了？」

「沒有，只是覺得您未免太清楚了。」

哈哈哈哈——平塚老師宏亮的笑聲於車內迴盪。

「就跟你說是事先調查過。你想太多了啦。」

「是嗎？」

「對了，我還有家店想去，你方便嗎？」

「啊——嗯……反正就算我說不想，大概也拒絕不了，我就奉陪到底吧。」

老師斜眼看見我無奈的表情，微微揚起嘴角。

「那就出發囉。」

「好的。」

車子打了方向燈左轉，過沒多久，開上高速公路。

「等一下，要去那麼遠的地方嗎？」

「也不會。我只是覺得快點到比較好。」

「這樣啊。」

或許是我的語氣透露出些許不安，平塚老師再度笑出聲來。

「我又不會吃了你。」

「是沒錯。」

高速公路上沒什麼車，車速逐漸加快。

「對了，之前拜託你表演的漫才還順利嗎？」

「那個啊。真的超累人的。」

前陣子，侍奉社不知為何接到「在市內舉辦的以當地孩童為中心的親睦會上表演搞笑節目」這個委託，搞得我和雪之下不得不上臺講漫才。

「觀眾有笑嗎？」

「有啊，笑得超開心的。開心到可怕的地步。前所未有的大爆笑。」

「你講得這麼誇張反而像在說謊，不過順利就好。」

是真的有笑，所以我沒說謊。但我逗觀眾笑的方法，平塚老師可能不會接受就是。

「拜託別再那樣亂來了。」

「不不不，叫你們侍奉社亂來是應該的。」

老師重新戴上墨鏡，大概是嫌從對面照進來的陽光刺眼。

「亂來才叫青春。年輕人才有資格這麼做。」

「大人總是會對青春抱持莫名的期待。那種東西不存在於青春時光內啦。青春是跟春天一樣無色的東西，全是青澀的果實。」

聽見我個人的主張，平塚老師冷冷望向我。

「你的說法真的讓人很不爽……不如說不爽……或是不爽。」

「全是不爽嘛。」

「算了。好，快到囉。」

車子下了高速公路，又開了一會兒，停在停車場。

「比企谷，在這。」

我跟著平塚老師走了五分鐘左右。接著大概是抵達目的地了，老師轉頭望向我。

「到了。」

「……等等，老師。您說還有一家店想去，該不會……」

「嗯，就是這裡。」

眼前的店家跟剛才看見的景色類似，有種既視感。

我望向招牌上的文字。

『日本第一美味辣味拉麵　蒙古湯麵中本　錦糸町店』。

「又是中本！」

我大聲吐槽，老師卻一副「誰管你啊」的態度，擺出若無其事的表情。

「呃，我們不是剛剛才吃過中本嗎！」

「比企谷，我們確實吃過船橋的中本先生。」

「咦？什麼意思？」

「但錦糸町的中本先生還沒吃過吧。」

我聽不太懂她在說什麼，是因為我現在不是冷靜狀態嗎？

「不不不，平塚老師。中本是連鎖店，吃哪家都一樣吧。」

「咦？比企谷，你說什麼？」

「呃，就是說，中本是連鎖店吧，所以——」

「中本先生是連鎖店？」

前一秒還神情自若的平塚老師，臉上浮現怒意。

「老師，怎麼了？」

「我說啊，中本先生啊，是由店員親自甩鍋炒菜的。所以就算是同一道料理，每家店的味道都會有些許變化。吃中本先生就是要享受那個變化，所以絕對不要稱呼它為連鎖店。」

「咦？呃，可是——」

「道歉。」

「……老師，那個。」

「道歉。」

「……呃。」

「道歉。」

「……對不起。」

我開口道歉，平塚老師笑咪咪地走向店門。

「好，那走吧。還有你可能不知道，每家中本先生都有該店特有的『限定』菜色，品嘗限定菜色也是店鋪巡禮的樂趣。」

「限定嗎？」

我望向餐券販賣機，按鈕配置確實跟剛才那家船橋店不同。我環視店內，發現船橋店沒有的菜色。

「這是限定菜色嗎？叫北極火山的這個。」

「答對了。」

平塚老師邊回答，邊按下餐券販賣機的北極火山按鈕。

「您是來吃這個的嗎？」

「對。你也要吃嗎？」

「不，我很飽，不用了。再吃辣的我也撐不下去。」

平塚老師用真的很不屑的眼神鄙視我。

「你是男生吧。還能再吃一些吧。」

「您吃得下是因為您在船橋店麵量減半了吧！我吃的是正常量，吃不下很正常。」

我們在店裡低聲爭執。

「我剛才不是在車裡說過嗎？青春就是要亂來。」

「就算這樣，吃不下就是吃不下！」

「所以說新手就是這副德行……瞭解。那這麼辦好了。」

老師按下餐券販賣機的按鈕，將餐券遞給我。

「把醬油冷湯麵的麵改成豆腐。這樣就吃得下了吧。因為你是男生。」

「辣度呢？」

「這是叫做非辣的拉麵，所以完全不辣。辣度0。」

我為那個數字感到驚訝。

「還有這種拉麵啊？」

「船橋店也有啊。你沒看餐券販賣機嗎？」

對喔，好像有又好像沒有……

「走吧。」

在我回憶時，平塚老師已經坐上櫃檯座。我跟著坐到老師旁邊，店員來到面前，我便把餐券遞給他。

「順便問一下，北極火山的辣度是多少？」

「12。」

「12!?呃，最高不是10嗎？」

「總會有個超出極限，類似Bug的存在吧。」

不不不，有Bug怎麼行。我如此心想，剛開始產生的疑惑轉變為確信。

「老師……我想問一下。」

「什麼事？」

「您……常吃中本對不對？」

老師停下穿紙圍裙的動作。

「不，這是第二次來。」

「怎麼可能。我說中本是連鎖店的時候，只有超喜歡的人才會氣成那樣吧。」

「不，我只是先查過。」

她故作無知，不曉得從哪裡拿出橡皮筋把頭髮綁起來，我的視線被她的後頸奪去，但現在可不是看那些的時候。

「在船橋店的時候，我就覺得奇怪了。您拿紙圍裙的動作太過熟練。沒去過的人速度不可能那麼快。」

「只是碰巧看到。」

或許吧。可是，我等等要說的並非巧合。至少要對這家店抱持某種心情，才會這麼做。

「這個我就不認為是巧合了，您從途中開始就把中本叫成『中本先生』。未免太尊敬這家店了吧。這到底是怎麼一回事？」

「跟對初次見面的人用敬語一樣吧。」

這個老師還要繼續裝傻啊。對學生說謊成這樣，從倫理學的角度來看不太對吧。

「就當成是您說的那樣吧。那最後我說我吃不下兩碗拉麵時，那句話又怎麼解釋！您說『所以說新手就是這副德行……』。表示您不是中本的新手吧！」

聽完我的推理，平塚老師仍然不動如山。她從肩背包裡拿出一個東西，叫住店員。

「不好意思，可以幫我蓋章嗎？」

「看，果然常來！」

老師徹底無視我，讓店員幫她蓋章。

「我們去我打算吃的那家站前的新店時！您自己說過『有點數卡代表去過那家店』！」

平塚老師瞇眼看著我，我搞不清楚她的意圖。

「平塚老師，您也該承認了吧！」

沉默降臨我們之間。

「……你會嘲笑一把年紀的女性，在藉由一個人吃辣味拉麵得到刺激嗎？」

「……咦？」

「比企谷，你會跟我那些親戚一樣，說『有時間迷上一個人吃辣味拉麵，不如去更容易認識男人的地方』、『「辣」字左邊的辛，真不知道是在指辛辣還是辛酸呢──』嗎？」

她的表情充滿憤怒及悲傷。

這時我終於發現。原來如此。老師因為迷上吃辣而被親戚嘲笑，又因為還沒結婚而受到責備嗎？所以……才會忍不住採取這種行動。

意思是，我不小心踩到了她的地雷。得想點辦法才行。

「呃……我不太明白……但我覺得能表明自己喜歡什麼，性格直率的平塚老師，是不錯的大人。」

「……你這安慰人的話說得挺有模有樣的嘛。」

「不，不是安慰……是真心話。」

平塚老師的表情轉為驚訝，接著忽然露出微笑。

「呵呵，由感覺不太會說真心話的比企谷這麼說，還滿有用的。謝謝。」

「不，沒什麼好謝的。」

容易讓人覺得「看起來很愛說謊」、「看起來不會說真心話」的這張臉，第一次讓氣氛變好了。

聊到一半，店員充滿活力地為我們送上拉麵。

「不好意思打擾了，這是麵換豆腐的醬油冷湯麵，還有北極火山！」

我的醬油冷湯麵麵換豆腐版，是清澈的褐色湯頭加上推測剛炒好的鮮脆蔬菜，湯頭底下看得見豆腐。儼然是小小的火鍋。

更重要的是平塚老師的拉麵。

豆芽菜堆得跟山一樣高，旁邊淋著麻婆豆腐，大概是想做成岩漿，與北極火山這個名字十分相襯。最上面放著蘿蔔嬰，可能是在營造山頂清爽的感覺。如此壯觀的模樣，可以理解為何會設定成辣度12這個妖怪般的數字。

老師看了，轉動幾下右肩。

「有壓力的時候果然就是要吃辣。好，我開動了。」

語畢，她馬上開始喝湯，我也跟著合掌開動。

我跟剛才一樣，按照先湯後蔬菜的順序享用眼前的醬油冷湯麵，在心中佩服不辣的湯原來也能這麼濃郁。而鮮脆的蔬菜也如平塚老師所說，跟剛才那家店的蔬菜風味截然不同，讓人不覺得是在吃同一家店，或許是因為這是店員剛炒好的。要說共通點的話，就是「美味」吧。

這次就是量比較少的我先吃完了。我瞄了平塚老師一眼，她正在喜孜孜地推倒火山，大嚼麵條跟豆芽菜。神奇的是，這副模樣讓我有種她是在爬山的恍惚感。

過沒多久，老師吃完了。

「謝謝光臨——！」

店員的聲音從身後傳來，我們走出店家。

×　×　×

「今天謝謝您的招待。」

「不會。我才要跟你道謝。」

在那之後，老師開車送我到我家附近。

「還滿開心的。」

「呵呵，這麼坦率的比企谷有點噁心。」

「這句話真過分。」

「哎，如果你能老實把想法說出來就太好了。謝謝你今天陪我。」

老師有點神清氣爽，是因為剛流過汗嗎？

「啊啊——」

平塚老師在駕駛座上大聲嘆氣。

「怎麼突然嘆氣？幸福快樂的結局近在眼前卻嘆出這麼沉重的一口氣，感覺會發生什麼事件喔。」

「沒有，單純是在『想像』。如果同年代有跟你一樣的人就好了——」

「跟我一樣的大人……肯定不會有多像樣。」

聽見我的回答，平塚老師「噗噗噗」笑了出來。

「我想也是。在職場上不工作，在餐會上說一堆人的壞話，毫無大人樣。」

咦，妳不否定嗎——？我覺得妳只是在說我壞話耶。

「無所謂，這樣就好。因為沒必要勉強自己成為大人。你只要繼續做自己，向前邁步就行。」

「……您今天對我的評價標準還真寬鬆（註35）。」

「對啊。可能是因為剛吃過辣。」

平塚老師望向前方。

「關於你畢業後的拉麵。」

註35「寬鬆」日文與「甜」同音。

「是。」

「可以往後延一些時間嗎？」

往後延？她還要查有哪家拉麵店的意思嗎？

「拉麵單獨吃是最棒的食物。不過，你可能不知道，它也可以拿來當酒會的收尾。」

「酒會？」

「等你能喝酒的時候，一起去吃拉麵吧。拜啦。」

她高興地輕輕揮手，開車離去。當時老師的表情，要是沒有年齡差——不，就算有年齡差，在我看來也非常清爽，害我心動了一下。

俗話說，早起可得三文錢。

但我不只得到了三文錢，還得到無價的笑容。

……明天也早點起床好了。

（完）

我所想的健全的葉八
丸戶史明

「咦？什麼？你開始抽菸了？」

「嗯，只有喝酒的時候啦。很奇怪嗎？」

「呃，是不會……」

奇怪，非常奇怪。

太奇怪了，害我很想立刻震驚地吐槽「你都超過二十歲了不知道香菸對身體有害嗎!?」什麼啦我們是 Conte Leonardo 喔。搞不好連作者都還沒出生。（註36）

「我才想問，你明明不抽菸，為什麼會來這裡？」

「……呃，那個，有點事。」

註36　上文的臺詞出自日本搞笑藝人團體 Conte Leonardo 的段子。該團體於一九七九年組成，本書作者於一九八七年出生。

不過，以在這個地方進行的對話來說，眼前這個文質彬彬的男子的疑問明顯更合理。

畢竟這裡是居酒屋店外的吸菸區。在這個到處都全面禁菸的時代，遭到迫害的尼古丁中毒者們能大發慈悲共享小小菸灰缸的唯一綠洲。

不是像我這種在掛著「本日包場」的牌子，熱鬧不已的店內找不到容身之處，企圖混進煙霧中隱藏身姿的人可以待的地方。

先不說這個了，最好注意一下有在抽菸的作家。扔下「菸沒了所以我寫不出來」這句必殺臺詞從禁閉房消失，之後再也沒人看過他的案例層出不窮，想著「既然這樣，幫他準備吸菸室好了」，卻半點進度都沒有，無人能敵。寫一下啦工作一下啦定期出書啦。只有薄薄一本也好。

「算了。你現在過得如何？」

「……還行。」

「意思是過得不錯，挺開心的，還算幸福囉。」

「你對『還行』這句話太樂觀了吧。」

「但雖不中亦不遠矣吧？畢竟你都來參加同學會了。」

「因為來自各方面的壓力太恐怖了。」

「現在的你身邊的人多到會有人對你施壓……那不就代表你過得很好嗎？」

「……現在螢幕下方出現了『這是個人的感想』這行字幕喔。」

沒錯，這傢伙說得沒錯，包下這間居酒屋舉辦的，是「總武高中第●●屆2年F班同學會」這個大家一起緬懷往昔，大聲歡笑，極度團體主義又懷舊，全是嗨咖的活動……Always（註37）。

對於從在學的時候起，就決定所有活動都要無視，結果被迫以侍奉社成員的身分擔任幕後工作人員的我來說，面對如此醜惡的活動的舉辦通知，怎麼可能回覆「我要參加～麻煩大家嚕！」——呃誰擅自幫我回信的啦。再說擅自把同學會的通知寄一份副本給我的幹事在搞什麼啊。

說起來，為什麼是2年F班的同學會？這樣三年級的班級不是很沒面子嗎？

而且我是三年幾班啊？就是因為這樣，我才跟編輯部說把截稿日定在完結篇出之前很令人困擾。

是叫我怎麼辦啦別說完結篇了現在連十三集都還沒出喔。不是預計要出了嗎？

「那你呢？葉山，你又過得如何？」

哎，這位在吸菸區跟我聊垃圾話的，是在這種活動上和我形成對比，感覺會擔

註37「全是嗨咖」與「Always」音近。

任總幹事（不如說他確實是總幹事），公認位於舊2年F班階級金字塔最上級，順利從大學畢業，目前踏入社會第一年的葉山隼人。

本來他不可能待在這種地方……事實上，不久前他還被以前的同班同學拉著展開名片爭奪戰，是過了五年人氣依然未減的大紅人。

順帶一提，我第一次經歷畢業數年後在同學會上交換名片的活動，今昔地位高低的變化及行業形成的溫度差如實反映出來，我都看不下去了。「哇～外資系～」、「哇銀行～」、「你自己創業嗎？好厲害～！」、「啊，製造業，是喔～這樣啊，哦～」諸如此類。你們知道職業無分貴賤嗎？

外資系不拿出好一點的成果會立刻被炒掉，銀行會因為內部人員互扯後腿最後調職，創業是破產的最短路徑，你們知道職業無分貴賤嗎？專業主夫果然是最強的吧？

不過，搬出「啊～我去念研究所了～」、「我還沒畢業耶～」這種免罪符的傢伙暫且不提，跟其他「沒有頭銜的人們」比起來……呃，別聊這個了好不好？

「嗯，跟你一樣，還行吧。」

不曉得葉山是不是得出和我一樣的結論，他符合我的期望，迅速結束這個話題。

「你依然是個不會說真心話的傢伙。」

這傢伙在察言觀色這方面無人能及……好吧，在其他各種方面也是無人能及，令人火大，不過葉山意料之中的回答，使我有些懷念，苦笑著開玩笑回去。

然而……

「跟你一樣。」

「……順便補一句，你依然是個只有跟我講話會帶刺的傢伙。」

葉山接下來那句話帶著利刺，有點超出我的預料。

「你反駁得了嗎？從以前到現在，不管是說出來的話還是內心所想，你都不會把最重要的事表達出來……不對，當時大家都不會說真心話。」

「這個嘛……」

靠無謂的閒聊敷衍過去的計畫宣告失敗，不太愉快的回憶在不知不覺間被喚起，我們都擺出一張臭臉。

這也是總在不經意間——不對，總是故意不把話講清楚，將複雜又難以理解的心情藏進更深沉的迷霧中，於好於壞刺激到喜歡考察的讀者，自己在那邊竊笑或惱羞成怒的原作者害的。

這部作品真的很難搞。

「你沒有變……始終如一到讓人生厭的地步。」

「不是『讓人生厭的地步』，你就是討厭我吧？」

瀰漫於吸菸區的煙霧，不如說那染上白色的空氣，沉重又混濁。

竟然會在尋求一個人的空間而抵達的場所，建立如此噁心至極的人際關係，真是最爛的意外。

唉，早知如此，真不該逃到外面。

啊啊，同學會開始的三十分鐘內都還很愉快的……好短暫的歡樂時光。

因為乾杯時，我旁邊坐著天使……外表體型聲音都與高中無異，更重要的是沒有長鬍子的戶塚。我只不過是離開座位一下去拿飲料，就有一群女生圍住他，抱著他大叫「討厭～你都沒變耶～」、「好可愛～」根本無法靠近。

闊別多年的重逢，我們應該要在聊天的過程中不小心重燃過去的熱情，戶塚牽著我的手問我「欸，八幡……要不要一起偷偷跑掉？」靜靜離開才對，為什麼會變成這樣……

「放心，我也討厭你。當時我們就只有這點互相認同吧？」

莫名憤怒的回憶，使我的表情及言行扭曲得更不友善。

葉山似乎也感應到了我的怒氣，恢復成高中時代，絕對不會對我以外的人露出的那個表情。

我們兩個踏進一觸即發，不是激烈交鋒，而是用冰冷的刀刃互砍的領域，下一刻……

「讚，讚，就是這個！闊別多年的重逢，在聊天的過程中不小心重燃過去的愛與憎恨與快樂與痛苦，將最真實的情緒暴露出來的兩人！葉八回來啦！」

「……喔。」

「……姬菜。」

讓我發自內心後悔自己不小心太激動的興奮聲音，從我們背後傳來。

「嗯～糟糕，學生之間青澀的交流是很棒沒錯，不過長大後成熟的關係也好讚。身材強壯，也比較有野性。硬要說的話，我希望你們穿西裝打領帶，抓著領帶強吻對方超香的不是嗎？」

「……呃。」

「啊哈哈……」

「開玩笑的啦。嗨囉嗨囉，比企谷同學，你過得好嗎？」

「……還、還行。」

跟五年前比一點都沒變……不對，守備範圍從男孩子擴展到大叔，更加進化的海老名，帶著燦爛的笑容凝視我們。

「那、那個，姬菜怎麼會在這？」

「啊～嗯，我好像有點喝醉，再加上不想待在人多的地方，所以出來呼吸新鮮空氣。啊，看，連鼻血都流出來了。」

海老名用手帕遮住臉，表示自己身體狀況不佳。我說，那個鼻血肯定是剛流出來的吧？

「還有，大家在吵隼人怎麼不見了，我順便來找你……」

「噢，原來，過那麼久啦。那我……」

「不過別擔心！我怎麼忍心奪走對我來說珍貴的……不對，對你們來說重要的時間呢！」

「不是，那個……」

而且她明明表現出不舒服的模樣，現在卻精力充沛地制止葉山，拿出手機，鏡頭對著我們狂按快門。

「放心。我會設定成比企谷同學喝得爛醉在外面狂吐，隼人在照顧他。這樣大家就不會想到外面來了吧。」

「呃，我說……」

完全無法放心耶。我好不容易把存在感壓得這麼低，這樣又會跟高中時期一樣，把大家的仇恨值吸過來。

「所以請兩位慢慢享受～三十分鐘內絕對不會有人出來。拜拜～」

「啊。」

「啊。」

海老名懷著暴風雨般的誤會（但在她心中是事實），拉開居酒屋的拉門，迅速鑽進店內。

「…………」

「…………」

留下兩位困惑又尴尬，茫然杵在原地的男性……

這個氣氛是要我怎麼辦啦。海老名過了五年也還是一樣超過。如果有人問我有沒有辦法推她，我只能說辦不到。

什麼叫培育不起眼的女主角啊不起眼的人哪可能變成偶像或女主角書腰上的推薦文是誰寫的啊。（註38）

× × ×

「……你也要抽嗎？」

註38 梗出自本篇作者的著作《不起眼女主角培育法》。

「不，不用。我沒抽過菸。」
「這樣啊，那我也別抽好了。」
「我不介意啊。」
「沒關係。我本來就抽不多。」
「是嗎……」
不說話還是不可能心靈相通的我們兩個，總不能一直默默站在這邊，迫於無奈，只得遵循日本人的美德，繼續從社交辭令開啟對話。
互相試探彼此的氣氛，逐漸用無足輕重的話題慢慢拉開距離，摸索能盡快結束這段對話的流程。
為此，像剛才那種冷嘲熱諷絕對要禁止。要是再度營造出險惡的氣氛會很麻煩。
「對了，海老名不知道從什麼時候開始乖乖叫我比企谷了。」
「嗯?她不是一直這樣叫你嗎?」
「沒有，以前她叫我比企鵝同學……你剛開始不也是這樣叫嗎?」
「喔，那個啊……」
因此，我絞盡腦汁，開啟一個超無聊的話題，好讓這成為最後的談笑。
「是說，比企鵝同學這個叫法就是因為你傳開的啊。創始人都改掉了，其他人卻還是固定這樣叫。」

我一直有那麼一點在意，但真的只有一點點而已，所以事到如今，這應該是誰聽了都會左耳進右耳出的小笑料，或是沒人記得的無聊話題……

「也是啦。我的姓氏太拗口，所以不能怪——」

「當然是故意的。」

「……喂。」

我的「有那麼一點在意」卻起到了反作用。

「你不會不知道吧？我不可能叫錯別人的名字。」

「呃，現在也就算了，當時我怎麼可能知道……」

「那你現在不就知道了？」

「這……」

沒錯，葉山隼人為了維持葉山隼人的形象，連那麼一點小錯誤都不能原諒。即使對方對他來說是無關緊要的人。

……不對，有點出入。愈是不重要的人，就愈不能容許那種小錯誤。

因為這傢伙的人生態度是「給予所有的生物愛與慈悲與平等」。

「比企鵝不是綽號。其中沒有愛也沒有親暱之情，單純是失禮的念錯字。大家都跟著我一起這樣叫，但那其實是無自覺的霸凌。若你主張那是騷擾，肯定會被承認。」

「別說了，過了這麼久我怎麼可能還會在意。」

「意思是你當時會在意囉？就算只有那麼一點。」

「你今天怪怪的喔……」

這樣跟以往相同……不如說，跟五年前的立場相反。

……不，也不能這麼說。尤其是在「那傢伙家」的問題浮上檯面後。

「我再說一次。我是故意的。明知道其他人八成也會跟著叫，還是選擇這麼做。我承認，當時的我懷著明確的惡意。」

「夠了。還有以後別再喝酒。然後把今天的事情忘了，我也會忘記。」

「不，我不會忘……酒的話，我的酒量在大學時期鍛鍊得不錯喔。」

呃完全沒鍛鍊到吧看你這麼纏人。這傢伙大學時期絕對列在「死都不能讓他喝酒的學長名單」上。甚至有可能只有他一個沒收到酒會的邀約。

說起來，通常霸凌人的那一方都會忘得一乾二淨，講出「咦～有這回事？嘿嘿♪」這種話，害人更火大吧。為什麼你記得那麼清楚？

「葉山，你想幹麼？希望我揍你嗎？」

然後在被我痛揍好幾拳後惱羞成怒地大罵「我沒叫你做到這個地步吧！」予以反擊，兩個人打成一團，過沒多久同時笑出來，最後摟著肩膀大笑——你是想要這種介於青春劇和偶像劇之間的展開嗎？是說那完全是昭和風耶，現在連平成都結束囉？

「沒有，我只是覺得，不把這句話說出來心裡就怪怪的……」

然而，這傢伙果然是平成年間出生的，沒有逃去使用暴力，而是對我投以銳利的目光，以代替拳頭。

「我打從心底討厭那個時候的你。」

曾經在我面前宣言要「永遠扮演好葉山隼人」的這個人……

不知為何，只有在我面前不肯扮演我所期望的他。

「就叫你別說了……就算是我，也不可能對那種毫不掩飾的惡意無動於衷喔？」

是啦，當時我確實在被迫做出各種決定的時候，故意承受他人的惡意，儘管如此，依然逞強著邁向前方。

但那是因為有著明確的目的……

「嗯，我知道。你比別人所想的更加纖細、膽小，是個濫好人。」

「既然如此……」

「可是我知道，無論你受了多重的傷，都不會屈服。也知道你會靠自身的力量克服，知道你會再度向前邁進。」

所以才會拚命咬緊牙關，想著「只要是為了達成那個目的」……
「只要是為了保護重要的事物或重要之人。」

「……那有什麼不好？」
「我沒說不好。只是不喜歡。」
對喔，以前這傢伙也因為類似的原因生過我的氣。
記得當時他是責備我「為什麼你只會用那種方法」。
「因為那是其他人……不，至少是我絕對做不到的事。」
本以為他純粹是在否定我笨拙的行動……
「……那個，就我聽來，只是在嫉妒吧？」
「嗯，沒錯。」
「你竟然還承認……你真的是那個葉山隼人嗎？」
「因為，你不會嫉妒我吧？從來沒羨慕過我任何一次吧？」
可是，就算是因為喝了酒，就算是因為以前的回憶朝錯誤的方向增幅。
「但我看到在班上顯得格格不入的你，有辦法接受這一點的你，感覺很差。彷彿在被迫觀看自己想成為，卻絕對不可能成為的人的可能性，令人作嘔。」
如果他現在說的話及感情不帶半點真實，我覺得我這輩子都無法再相信人類。

× × ×

「喂……還是給我一根吧。」

「你不是不抽菸嗎？」

「這種愚蠢的對話，哪可能靠酒就蓋得過去。」

葉山毫不畏懼我像在瞪人的視線，從口袋裡拿出一盒香菸遞給我。

我抽出一根菸，他理所當然似地把打火機的火湊過來。

光這個行為就感覺得出以前的葉山隼人的作風，但我壓根沒想到跟他一起抽菸這個狀況會發生在自己身上，怪彆扭的。

這是什麼？這什麼東西？

「……噗哈。」

「勸你最好別吸進肺裡。你是第一次抽吧？」

「囉嗦。」

葉山也叼了一根菸點燃，露出介於嘲笑與擔心之間的表情，看著我第一次抽菸的醜態。

充滿胸口的煙，無情地持續刺激我的支氣管，現在咳嗽未免太難堪，因此我拚命將煙霧吞下去，一口氣吐出。

……我看衣服絕對會沾上煙味。那傢伙八成會注意到。

「你變得很難堪喔。」

「是嗎？」

肺終於稍微適應煙霧了，心情逐漸平靜。

隨著心情恢復平靜，剛才受到的不合理對待點燃的冷靜怒火，轉為困惑支配我的大腦。

「許久不見的同學硬要跟我聊不愉快的回憶，用一副要跟人吵架的語氣對我說教。還是在酒會上……根本是煩人的大叔。加個禿頭屬性就完美了。」

「那還真令人高興……我的夢想就是成為平凡的大叔，埋沒在眾人之中。」

抽了口菸，他似乎也稍微冷靜下來了，之前感性的話語變得較為理性……不對，是帶有諷刺的味道。

這傢伙是怎樣？他果然沒打算改掉跟我對嗆的態度嘛。

「隨便找個人結婚，隨便找份工作做，開始打高爾夫球，在小孩的運動會上瘋狂錄影，一面被老婆罵一面在陽臺抽菸，參加酒會時被部下纏上，可是一聊到小孩的話題就會變和善……我想成為這樣的人。」

的確，葉山述說的夢想我也能產生共鳴……前提是不用工作的話。

不過……

「那我換個說法……你無論是現在還是以前，都很難堪。」

我那冷靜的怒火一旦燃燒起來，是不會輕易平息的。

「完全沒有成長，完全沒看開。你到底要瞧不起人到什麼時候、什麼地步啊。為什麼是以能結婚生子為前提？為什麼在酒會上糾纏你的人是部下啊你何時升遷的少在那邊擺上司架子啦混帳東西。」

我在內心羞恥得大叫「哇連我都好難堪！」然而話一說出口就收不回去了。

「不管是以前還現在，你應該都能成為自己想成為的人才對。只要你認真起來，絕對有辦法成為無聊的大叔。」

而且，我連接下來的話都吞不回去，跟聯誼時喝醉的大學生一樣，滔滔不絕。

「但你不是真的想成為那樣的人，所以什～麼都做不到。全～部細心地用無聊的藉口去掩飾。」

葉山卻沒有打斷我一句接一句的話語，僅僅是冷靜地等待我說完。

「我保證。你死都無法成為無趣的大叔。你哪能成為那麼高格調的人。」

現在回想起來，這傢伙好像一直在等我這麼做。

「你剛才說我不會嫉妒你對吧？廢話。我怎麼可能嫉妒那麼無趣的人。不管是現在還是以前。」

也就是，我被算計了……？

「你真的，真的……很難堪。」

「具體上來說，是哪些部分？」

「察言觀色的方式很奇怪。為了避免其他人受傷，為了不讓任何東西被破壞，你未免太堅持要維持現狀了。」

「維持現狀有那麼不好嗎？」

「你要為了達成這個目的壓抑自我，沒人管得著，可是你的情況，會連其他人都跟著壓抑。例如戶部，連三浦也是。」

「噢，嗯，確實也有這麼一回事……」

「而且你還會為此後悔、道歉，顯得更加難堪。你就是個善人和惡人都沒辦法當好的瘋子。」

傳遍全身的，是酒，是菸，還是險惡的氣氛呢……

葉山促使我變成跟他一樣，逐漸淪為愛說教的大叔。

「啊哈哈，不錯啊……我確實是個不上不下的瘋子也說不定。」

被我責罵的當事人看著我失去理智，顯得異常愉悅，輕鬆地催促我繼續口吐惡言。

……我果然被算計了？

「做那種事哪裡開心？身為有錢的帥哥，給我再沉迷於私慾一點啊。你可是站在金字塔最頂端的人，得展露出卑劣的本性才行。在大學的校草選拔大賽上奪得冠軍，卻因為性騷擾而遭到逮捕，才叫勝利組吧。」

平常我只會在心裡想，絕對不會說出來的話，再怎麼忍耐還是接連脫口而出，我既興奮又煩悶。罵人好爽喔。

「欸，比企谷……那我該怎麼辦？」

表面上被罵得體無完膚，可是這傢伙心底大概是截然不同的表情，葉山哀傷地移開目光，又拿出一根菸點燃。

「不對……我該怎麼做才好？」

「誰知道。自己去煩惱一輩子吧。」

「我想也是，你就是這樣的人。」

連這種徹底過時的昭和風動作，都讓人覺得有那麼一點有模有樣，就是這傢伙一輩子不能原諒的原因。

「我不是說過嗎？我們小學的時候，如果你跟我們同班，『她』不曉得會怎麼樣。」

「啥？那個，有這回事……？」

「…………」

「有啦我記得啦不要露出那種表情！」

……我之前都沒發現，香菸這種東西是只要默默向上吐煙，就能對人施加無言的壓力的方便道具。

「若是如此，『她』是否就能改變，是否就能得到救贖……噢，現在講這些可能有點失禮。畢竟她是因為有過那樣的人生，現在才……」

「不要動不動就講題外話害我覺得彆扭。」

不如說，請不要講完結篇可能會提到的設定。就是因為這樣，我才跟編輯部說把截稿日定在（下略）。

「不過就算那樣，我們到最後還是不會有任何改變吧……你沒想過嗎？」

「怎麼可能想過，麻煩死了。」

「即使我沒有扭曲自我，沒有改變身邊的人；即使你沒有扭曲自我，改變了身邊的人。即使我無視了許多人的心情，即使只有特別之人對你抱持特別的感情……到頭來，我們兩個還是會跟現在一樣不堪吧。」

「……這次你想表達的意思是什麼？」

「我們是存不存在於彼此的世界都不重要的人……」

「當然啊。因為我對你又沒興趣。」

「有人當面跟你說這種話，不會很火大嗎？」

「是你自己開啟這個話題的還怪我!?」

啊啊夠了，真的是……這傢伙今天有夠煩。

老實說，葉山散發出的憂鬱氣息，害我不禁懷疑他是不是不適應現在的工作，沒問題嗎？

據說從未受過挫折的人，脆弱到稍微折一下就會斷掉，求你不要讓我在之後的獨白講出「那是我跟那傢伙最後一次交談……」這種話喔。

×　×　×

「不好意思……」

「來，啤酒。」

我將在附近的便利商店買來的罐裝啤酒遞給他，葉山露出有點尷尬的表情，但還是乖乖接過。

他拉開拉環，氣體從罐口冒出來的爽快聲音響起，然後是鋁罐碰在一起的沉悶聲響，啤酒通過喉嚨的豪邁聲音接在後面，最後，我們再度「噗哈～」發出帶有濃濃大叔味的嘆息聲。

是說在居酒屋門口喝罐裝啤酒，是妨礙營業吧。還有單手拿著啤酒邊喝邊聊天，實在不是二十歲出頭的人會幹的事喔。我們到底在幹麼。

「可以不必管我，自己先回去啊？」

「沒關係，反正那裡我也待不下去。」

從剛剛開始，我們的對話就一點意義都沒有，只是不計形象地互相否定，卻在演變成互相中傷前回頭，不斷比賽誰較為膽小。

「是嗎？我倒覺得其實很多人想跟你說話。尤其是部分女性……」

「你的需求度照理說比我高上幾百倍吧。要回去的話你回去啊。」

「現在有點不方便……要恢復成平常的我，大概還得花上一些時間。」

「隨你便。」

沒能立刻結束這場互罵，是因為眼前的「失魂落魄自暴自棄葉山隼人」太過罕見……不如說，是讓人無法置之不理。

沒錯，絕對不是因為進店裡跟許多以前的同學接觸的話，會提高設定跟原作者互相矛盾的風險。是說這個梗都快用爛了。

「冷靜一想，我們兩個現在這副德行太廢了吧……適合這種樣子的，可是小靜那個等級喔。」

「噢，我也有邀平塚老師，不巧的是，今天剛好跟她朋友的婚禮撞期。」

又被朋友超車啦而且都過這麼久了。簡直像在馬拉松大賽上跟自己約好「我們要一起跑到終點喔」的摯友，於最後關頭突然加速……不，是約好「我們要永遠都不跑到終點喔」的朋友。算了，怎樣都好。不對，是怎樣都不好。

「對了，老師還是很關心你。順帶一提，她的近況是……」

「閉嘴。我不想聽。」

因為我覺得聽了後，無論那個人幸福還是不幸，我都會受到打擊一蹶不振……這是什麼前女友之感啊。五年不見重逢後一口氣重燃愛情把家人朋友戀人統統拋下跟對方一起逃到國外的女主角？（註39）

不曉得是天氣還是腦中的想法害的，我感到些微的寒意，決定中斷跟葉山的對話，拿出手機打起訊息。

葉山也望向自己的手機，彷彿在配合我的逃避行為。

×　×　×

過了一會兒，我們都默默滑著手機，度過對我而言稱不上幸福無比，不過某種

註39　梗出自本篇作者負責撰寫腳本的遊戲《白色相簿2》中女主角冬馬和紗的結局。

意義上來說很有我風格的時間。

話雖如此，跟以前不一樣的是，螢幕另一端一直都有人在。而這也是常態……

「……她過得還好嗎？」

不久後，大概是累了吧，理應在專心滑手機的隔壁那位，咕噥著對理應在專心滑手機的我提出直指核心的問題。

「喔，說到這個，小町那傢伙最近的最強妹妹度愈來愈高已經可以就任全國國民的妹妹，但她還是決定一輩子都只當專屬於哥哥的妹妹，推掉五年三十億的報酬，宣布繼續留任……」

「我沒打算陪你逃避。不想說的話直說就行了。」

「你這傢伙搞什麼鬼小心我○了你喔。」

小町會就這樣順利地謳歌大學生活，朋友擅自推薦她去參加選美大賽，理所當然獲得冠軍。本人明明想去千葉電視臺上班東京的放送局卻不肯放她走從氣象播報員姊姊當到晨間新聞主播最後被人叫做比雞谷跟職業棒球選手結婚，這惡夢般的未來在等待著她，這男人卻……

至少挑千葉羅德海洋隊的選手吧，這樣我還能接受……不，哥哥還是不想接受我該怎麼做才好。

「哎，看你在同學會期間還在跟她傳訊息，應該很順利吧。不好意思，問了不用問也知道的問題。」

「順不順利我不清楚啦，但我現在的話題全是對你的抱怨喔。」

「那她怎麼說？」

「……叫我傳我們的合照過去。她最近好像缺少能讓她捧腹大笑的笑料。」

「要拍嗎？」

「誰要啊！」

這男人不曉得知不知道我有多懊惱，完美判讀氣氛，精準地講出惹火我的臺詞……

早知如此，乖乖被大宴會廳的喧囂淹沒，當個邊緣人，會有多輕鬆啊。

「對了，我之前就想問……」

「她過得很好。不管你是在指誰。」

我不甘心只有我一直被他惹火，因此……

「結果你的本命到底是姊姊還妹妹？」

「…………」

我也完美判讀氣氛，使出只能用一次，用了比賽就到此結束的最終兵器。

這樣他應該會安分一陣子。不，也有可能永遠不說話。

「……………………」

葉山先是深吸一口菸，花了很長一段時間吐出來。

「……………………」

接著又花了很長一段時間，吸出殘留在罐底的啤酒。

「幹麼不說話？總不會是媽媽吧？」

「……………………」

結果菸酒都沒了，他本想再拿出一根菸，發現整包空了，焦慮地捏爛紙盒，兩手空空的狀態維持了一陣子，然後……

「你這人還是老樣子，惡劣到了極致！」

「能得到您的稱讚真不敢當～」

至今從未有過的慌張語氣……

讓通過喉嚨，已經變溫的啤酒，滋味變得十分芳醇。

×　×　×

「所以，我還是不能認同你……你懂嗎？」

「你今天是怎樣？現在的工作做得不順嗎？」

「我啊，超享受現在的人生。可是跟你說話的時候，就會想起以前的傷口，只會覺得非～常不愉快。」

「是你自己要來找碴害我心情也變差好嗎你這個●●給我適可而止喔。」

兩個大男人在居酒屋前面，腳邊堆滿大量的空罐不停碎碎念，已經可以說是完美無缺的妨礙營業。證據就是從剛剛到現在都沒半個新客人進來。喔對喔這家店被我們包了。那我們在幹麼？喔，同學會。

是說，我記得我們一開始喝的是鋁罐裝的啤酒，現在堆在腳邊的，怎麼看都是大罐的 STRONG 系角嗨耶。要是之後轉為喝燒酒加汽水，就開不了車囉。不對早就開不了車了。

「再說，明明是我更討厭你，為什麼我要被你罵得那麼莫名其妙？也讓我多抱怨幾句啦。」

「再說，我才覺得莫名其妙吧。我想跟大家好好相處，事實上也一直是這麼做。為～什麼你一開始就討厭我……」

「當然討厭啊。誰會喜歡拿協調性這種獨善其身的理由企圖操縱他人的偽君子？啊，還有我討厭你的臉。那種像在說自己『我沒打過手槍喔♪』的臉。」

「哇，比企谷你變了，高中時期的你唯獨不會開黃腔。」

「我只是因為沒朋友，沒人陪我開黃腔啦～你朋友那麼多卻沒開過黃腔對吧？這種做作的地方我也無法接受。」

「什麼嘛所以你其實很想開黃腔囉？那我問你你現在一星期打幾次手槍？」

「啊～啊～各位觀眾～有個帥哥在現在這個反騷擾社會的時代狂講打手槍這種詞彙喔～？」

「以你的個性一定知道『※（帥哥限定）』的用法吧？就是這樣囉～」

「那是高中時期的梗吧！用過時的梗還用得那麼開心你是中年大叔嗎！」

簡直像處男高中生或愛去風俗店的大叔……呃我以前是前者啦，不過至今以來從未講過的蠢話，竟然會跟面前這個看起來一輩子都不會開黃腔的人說，還是在雙方的香菸的煙會碰在一起的距離，這個狀況已經不能用「因為我們都醉了」來解釋。

所以是怎樣？我跟葉山不知不覺間成了能真心交流的關係嗎？還是我們都是處男高中生或喜歡去風俗店的大叔？咦，這傢伙高中時期是處男嗎？

話說回來，我們的話題是不是有點在無限輪迴？不，沒有吧。好像有。

× × ×

「啊～夠了，我還是回去吧。誰想待在這種鬼地方～」

「店裡你不是待不下去嗎～？」

「至少比這裡好！」

不曉得罵了第幾句，我搖搖晃晃地站起來……呃，還以為我們是站著喝酒，結果不知何時蹲到地上了。真是人中之垃圾。

「是嗎，那今天就放你一馬。」

「不只今天。我絕對不會再跟你一起喝酒……同學會也是，死都不會再參加。」

我從自己開不了口回嘴「你根本被我壓著打好不好！」這一點，判斷結果是兩敗俱傷，扔下一句話就搖搖晃晃地轉過身。

喝得這麼醉，回去應該也絕對不會有人願意理我，之後只要癱在角落，等到人不知不覺都走光了，讓店員叫醒我即可。

總覺得好糗好難堪，在喝醉的案例中屬於最慘的類型，但這也沒辦法。

「不，不只同學會。別再把我牽扯進無謂的活動中。例如同班同學婚禮結束後的聚會。」

「……你的話不是受邀者，而是主辦方……」

「你少說幾句話會死喔！我絕對不會參加也絕對不會當主辦方。」

畢竟一切的元凶就在於不小心跟這傢伙撞在一起，只能斬斷源頭。

也就是說，只要一輩子不再跟他扯上關係就行。

「……那，這就是我們最後的對話囉。」

葉山坐在地上，低著頭喃喃說道。

他的態度及動作散發出一股寂寥，不過也可以視為單純只是醉昏頭，所以我決定放棄推測他的真意。

「是啊……喔，不過你的葬禮我不是不能參加。因為葬禮就不用說到話了。到時再迎接我們闊別三十年的再會吧。」

「三十年……我的壽命會不會有點短？」

「那就一百年。」

「你打算活到幾歲？」

「我是專業主夫，不會有壓力，可以活很久。」

一如往常……直到最後都不認同對方，很適合拿來當幾乎不會見面，又一直合不來的我們最後的交流。

「……你直到最後都是個惹人厭的傢伙。」

「彼此彼此。」

「嗯……那一百年後見。」

「嗯，拜啦。」

於是，我們……這次真的說了最後一句話，斷絕彼此之間的交流。

我背對葉山，走回熱鬧的同學會會場。

這傢伙等等應該也會跟我一樣回到店內，然而到時候，我們的對話及目光都不會再相交。

無論喝得多醉，葉山肯定都會堅持扮演好平常那個領導者。

而我不管多想跟他人接觸，肯定都會堅持扮演路邊的石頭。

歡樂的同學會，會在葉山的致詞下散會。

那傢伙會被他的跟班抓去續攤，我則回到有……在等待我的地方……

「好～那大家辛苦囉～！」

「注意別忘了帶東西～」

「要續攤的人來這邊～」

「咦。」

「咦。」

我剛朝店門伸出手，門就開了，人潮伴隨熱鬧的交談聲從中湧出。

「喔，隼人。還有比企谷也在這啊？」

「你們抽菸抽好久……呃，那麼多空罐是怎麼回事？你們醉得徹底耶。」

「隼人一直沒回來，所以我們先宣布散會囉？」

在人群中負責帶隊的三人發現葉山癱在路邊，走了過來。

是五年前在葉山集團中特別顯眼的三笨蛋，茶渡、大和、大岡……噢抱歉不是茶渡是戶部。

「散會了？這麼快？」

「『這麼快』……隼人，你看看時間？快換日了吧？」

「咦？真的假的我怎麼不知道。」

戶部錯愕的態度及回答，使我急忙拿出手機看時間，這個瞬間，時間正好跳到○○：○○。

咦？所以是怎樣？我跟這個醉漢兩個人聊了將近四小時嗎？難道我也喝醉了？呃是沒錯。

這樣的話，如果把這篇短篇小說裡「×××」之間的未收錄對話統統寫出來會有幾頁啊。

「戶部，他們交給你了。我帶其他人去續攤。」

「我去拿他們的東西。麻煩啦。」

「哇咧～你們是怎樣？把這兩個醉漢塞給我，自己落跑？」

我和葉山呆呆看著三人輕浮卻俐落地分配工作。

高中時期，沒有葉山就什麼事都無法決定的這三個人，如今成長到同學會……不對，至少收尾和帶人去下一間的工作都一手包辦，還能照顧葉山（附帶我）。

那陌生的畫面，讓我感覺到五年的差距。

因此我和葉山的表情跟感慨地看著孫子長大的失智症老爺爺一樣。不過我們都失智，很快就會忘記。

「隼人，站得起來嗎？」

「嗯、嗯……」

相較之下，被戶部攙扶著，搖搖晃晃站起來的葉山是多麼不可靠啊……嗯，五年的差距真殘酷。

「嘿咻……比企谷，你自己一個人走得動嗎？」

「嗯、嗯，我還撐得住。」

「那你從另一邊幫我扶著隼人……」

「不要。」

「啊～我想也是～你就是這樣的人～」

就這樣，被拋下的戶部散發出「拿你沒辦法」的大哥氣息，一面抱怨一面辛勤地照顧葉山，還不忘關心我。

拜他所賜，葉山格調降低的感覺愈來愈強烈。

「是說，你們今年好像也聊得挺開心的嘛。」

「……怎麼可能。」

「……真是最痛苦的時間。」

不知道戶部是不是出於好意，但這句話聽起來反而像在挖苦我們，導致我和葉山同時臭著臉回答。

一股又酸又苦的滋味在喉嚨深處擴散開來，我勉強吞了回去。不快點去便利商店補充薑黃就糟了。不，現在哪有時間擔心宿醉，這可是緊急情況。

「你～們在說什麼啊。這五年你們每次都這樣。」

「……我不記得。」

「……同右。」

我正在「這邊交給我，你先走……嘔噁噁噁噁」帥氣地跟名為從喉嚨湧上的胃液的敵人戰鬥，唯有不會看氣氛這一點一如從前的戶部，又開了個令人不爽的話題。

「因為你們每年同學會，一定會兩個人一起消失啊。然後找個莫名其妙的理由，每次都大吵一架。」

「……………就說不記得了。」

「……………你也該閉嘴了吧。」

「問隼人明年同學會要不要停辦，他絕對不會停辦。比企谷也是，不想來的話大可不要來，你卻每年都乖乖參加……你們是牛郎與織女嗎？」

話。

「我我我我是因為有很多人對我施壓。」

我急忙打斷要是不小心被海老名聽見，她會激動地問「那誰是織女!?」的玩笑話。

「是嗎？我只有前兩年有找人對你施壓喔？」

「你為什麼要挑這種時機講這種話!?」

照理說已經喝得爛醉的葉山，卻依然毫不掩飾敵意，開口刺激我。沒錯這是敵意不要誤會喔。

是說再怎麼想，不知為何要舉辦二年級的同學會，而且還是年年舉辦，幹事顯然有問題吧。所以牛郎是……算了還是別想了。

還有電線杆後面怎麼好像有類似眼鏡的物體閃了一下，這也當作是錯覺好了。

「就是因為這樣，今年連隼人都沒有女生敢靠近。」

「……這傢伙只是在拿我當驅蟲劑吧？」

「有其他女生跟你搭話，你也會很頭痛吧？畢竟你似乎隨時都處在她的監視下。」

「才沒有~是我自己要跟她報備的。」

「你不知道嗎？那種類型交往愈久，嫉妒心就會愈重，變得很難搞……」

「好好好~到此為止！剩下的到下一家再聊！」

這時，戶部因為不知何時會結束的戰鬥感到不耐，硬是介入我們之間。

順帶一提，每年都會這樣鬧到早上。從去ＫＴＶ續攤，到去薩利亞續續攤……

一年之中，三百六十四天不會見面的我們，僅此一天的爭執。

未來不知道會持續多久。不對，我一點都不希望持續下去。

不過，只要我們之間的爭執仍在持續，唯有這傢伙，我絕對不能輸。

「葉山，你其實超喜歡我的吧？對吧？」

「如果我回答『其實……』你會不舒服吧？所以別問這種問題。」

「不是叫我別問這種問題你也否認一下好不好喂。」

×　×　×

最後，我要再解釋一次，這是在完結篇出之前寫的故事。

所以，當時還沒確立關係的人不會出現。

在這之中，這是我希望能這樣發展的可能性。

無論「他」選了誰。

無論「那傢伙」走上什麼樣的道路。

都與那無關，這是「我」所想像的可能性。

感謝您的閱讀。

（完）

果然只要有妹妹就好了。

渡航

風吹動走廊的窗戶。

往社辦走去的我暫時駐足，望向窗外，晚開的櫻花彷彿在惋惜春天的結束，翩翩起舞為它送別。

四月也已經過了一半，薰風的季節即將到來。

高中最後的春天很快就要迎接尾聲。不，不只春天，許多事情都準備劃下句點。再不到一年，我就要從高中畢業。

離考大學剩不到十個月。大學入學共通考試剩下九個月。咦，糟糕，怎麼回事？時間超趕的耶，真的完蛋了。

考慮到考試的話，現在開始準備別說太慢，甚至有可能太遲。

大腦知道必須立刻翻開課本，身體卻不聽使喚。嘿嘿嘿，嘴上這樣說，身體倒是挺老實的嘛……好不甘心！嗯啊嗯啊！

然而，就算我的身體是個任性的老實人，一個字都不念也不太好。突然開始拚命念書難度太高了，不過至少該先做個準備吧。

於是，放學後，我在去社辦前繞到升學輔導室一趟，將各家補習班的招生簡章收集起來。

反正那個社團閒到不行。思考的時間要多少有多少，正好拿來打發時間……是不是該利用那段時間念書？

正常的想法閃過腦海一瞬間，我卻將其驅散，握住社辦的門把。

拉開拉門，熟悉的景色映入眼簾。

雪之下雪乃正在以優雅的動作泡紅茶，由比濱結衣從書包裡拿出煎餅，窸窸窣窣堆在盤子上。坐在兩人對面的，是以手托腮看著手機，不是社員，不知為何卻待在社辦的一色伊呂波。一色的存在有點算是特例，但這畫面挺常見的。

唯一一個明顯的差異，就是一色旁邊坐著我妹——比企谷小町吧。

小町身穿嶄新的制服，哼著歌擦桌子，把雪之下和由比濱的杯子放在一起，拿出新紙杯，勤奮地做事。

看來侍奉社在新社長的帶領下，以新的機制開始運作了。說不定總有一天，這股紅茶的香氣也會傳承下來，由小町來泡紅茶。對了，一色同學又在做什麼呢？來喝茶的客人？

這時，一色聽見開門聲，轉頭看過來。

「啊，學長。你好慢喔──」

她鼓起臉頰裝可愛，我點頭隨口應聲「是是對不起喔」，走向老位置。

「自閉男，嗨囉──」

「你好。」

由比濱輕輕揮手，雪之下在我的茶杯裡倒滿紅茶。我簡短回答「嗨，辛苦了」，拉開椅子。

雪之下將冒著溫暖蒸氣的茶杯放到我面前……的前一刻。

「啊──雪乃姊姊，請等一下。」

小町叫住了她。

「咦？什、什麼事？」

忽然遭到制止，雪之下顯得不知所措，小町對她投以帶有幾分愧疚的微笑。

「小町覺得這對哥哥來說還太早了。」

「嗯、嗯……確實，比企谷同學或許還無法理解紅茶的滋味，不過……只給他一個人用等級較低的茶葉也不太好……」

雪之下邊說邊瞄向放在社辦的茶葉。

「嗯……怎麼看都是幫哥哥準備的廉價茶葉……」

小町那微妙的表情，彷彿在說「不愧是雪乃姊姊……」。哎，事實上，我的確喝不太出來每種茶葉的差異，所以雪之下是對的。不如說她特地準備我專用的茶葉，我還有點感動呢。

「……不是味道，是溫度啦。嘿嘿嘿……」

「溫度……啊……」

由比濱張大嘴巴歪著頭，似乎想到了什麼，發出感嘆聲。雪之下也幾乎在同一時間點頭。

「是啊，他怕燙。」

「兩位都答對了～！鼓掌鼓掌鼓掌！」

小町笑咪咪地拍起手來，然後立刻裝出一本正經的態度，晃動手指開始說明。

「小町家的人大多都怕燙，所以喜歡喝更涼一點的紅茶。還有，喝沒加糖的紅茶時，建議搭配甜食當茶點。能記得的話小町覺得分數挺高的。」

「是、是嗎……下次我會記住……不對，我會銘記在心。」

「突然變成講敬語了!?不過，我有點理解小雪乃的心情！」

雪之下惶恐地將托盤抱在胸前點頭，由比濱迅速挺直背脊。

坐在對面的一色則嚇到了。

「小米好可怕，根本是小姑嘛……這種事超麻煩的，我不喜歡……」

「唔……伊呂波學姊不用記也沒關係吧？小町家對寶特瓶裝的茶沒有特別的堅持，哪一牌都沒差！太好了呢！」

「不不不，茶我還是會泡的。啊，雪乃學姊，請問有熱開水嗎？我想給小米喝。」

「那只是燙死人的白開水吧！小町怕燙，請住手！」

小町拚命阻止伸手去拿熱水壺的一色。

我無視玩得很開心的兩人，拿起仍在冒煙的茶杯。

茶燙不燙，茶點是什麼，我都不介意。

我家是我家，社辦是社辦。有只有這裡才嘗得到的味道。

我朝熱呼呼的紅茶吹氣，小口啜飲，喀滋喀滋吃起煎餅。

「嗯，讚。茶和茶點都很讚，所以都可以啦……」

我輕輕吐出一口氣，咕噥道，並肩坐在一起的雪之下和由比濱面面相覷，揚起嘴角。

「……『都可以』最讓人傷腦筋了。」

「真的。」

她們輕笑出聲，坐在對面的另外兩位則開始竊竊私語。

「出現了，做作的臺詞……」

「哎，哥哥一直是那樣……」

剛剛還吵得那麼凶，現在卻像要講祕密似的，板著臉湊近對方講起悄悄話，冷冷看著我。感覺怪彆扭的，因此我跟打開報紙的昭和風父親一樣，打開補習班的招生簡章。

「自閉男，那是什麼？」

「剛才我去升學輔導室拿的。要看嗎？」

由比濱疑惑地看著這邊，我拿了幾本簡章給她，她便興奮地翻起來。雪之下也從由比濱旁邊探出頭，沉吟著閱讀上面的字句。

這方面的資料、簡章，現在這個時代網路上要多少有多少，不過想跟其他人一起看、動手翻閱比較不同之處的話，紙本資料還是方便一些。

一色和小町也從對面伸手表示想看，我把簡章沿著桌面滑過去。一色看了一眼，毫無幹勁地說：

「喔，已經要準備考試啦。真辛苦——」

「妳一副事不關己的態度……明年妳也要煩惱這些事喔。」

聽我這麼說，隔壁傳來非常嚴肅的聲音。

「對呀~我現在也超煩惱的……」

我立刻望向旁邊，由比濱面色凝重，低頭看著簡章，然後深深嘆息。

「……我想做什麼呢。」

「這問題好沉重……」

可是，嗯，會認真思考這一點，很符合由比濱的個性。像我就只想著考上哪裡就去哪裡……

由比濱板著臉呻吟，比較各家補習班的簡章，雪之下大概是看不下去，溫柔地對她說：

「選學校未必跟將來的志願有直接關聯，我覺得可以不用想那麼多。」

「嗯、嗯……是沒錯……但我就是會煩惱嘛～」

由比濱「哇——」一聲抱住雪之下。雪之下雖然在抱怨「好近……」還是拿出筆電敲著鍵盤搜尋起來。

「先從由比濱同學想念的大學和學院查起吧……」

她們倆肩並著肩，邊討論邊調查大學的資訊，小町滿意地看著這個畫面，忽然轉頭看向一色。

「伊呂波學姊有想念的大學嗎？」

「嗯……果然是有名的大學吧？『ㄑㄧㄥ ㄒㄩㄝˊ』或『ㄕㄤˋ ㄓˋ』或『ㄌㄧˋ ㄐㄧㄠˋ』之類的？」

「喔喔～好厲害——！雖然妳的講法聽起來腦袋很差，想念的都是很好的大學呢！」

「啊？我又不會在大學念書，跟腦袋好不好有什麼關係？打扮得漂亮可愛更重要吧。」

「喔、喔……小町有點太小看伊呂波學姊了……誇張到這個地步，反而覺得這個人好帥喔……」

一色信心十足的宣言，令小町為之顫慄。呃，我也有點嚇到。伊呂波真的全是單憑印象在說話……

不過，嗯，這個出發點倒也不算錯。我每次去全家的時候都會想說要去念帝京平成大學，考駕照的時候要去報名駕照集訓營WAO!!（註40）……那個廣告真的超讓人印象深刻……已經可以說是灌進大腦裡不如說是閾下刺激等級差不多算洗腦了。

而旁邊有個人受到了另一種洗腦。

「知名度，有名大學，打扮漂亮……」

「由比濱同學，別被擾亂了。踏踏實實地選擇吧。住手，別去搜尋跨校社團和跨領域社團這些詞，會害我非常不安。」

雪之下邊說邊從由比濱手中拿走筆電傳給我。好，幹得好，雪之下。我也非常

註40　日本的全家便利商店經常播放「帝京平成大學的優點有這些！」和駕訓班「駕照集訓營WAO!!」的廣告。

擔心由比濱未來會走上什麼樣的道路，所以我要馬上把她打開的網頁關掉！

我瞪向一色，叫她廢話少說，一色清了下喉嚨唬弄過去，將話題矛頭指向小町。

「小米呢？妳有想過要念哪所大學嗎？」

「小町想等哥哥落榜後再決定！」

「咦……以我會落榜為前提……」

小町面帶究極笑容，活力十足地擺出勝利姿勢。過於堅定的宣言導致我垂下肩膀。不過啊，從兄妹的失敗中學習是弟妹的特權。我就努力讓自己的失敗起到作用吧。

「哎，小町還有時間，船到橋頭自然直啦……」

我帶著淡淡的苦笑說道，由比濱和雪之下似乎也聽見了我們的對話，點頭附和。

「嗯，小町才高一嘛。還有很多時間可以玩！」

「我認為妳該建議她念書比較對……」

由比濱激動地將雙拳舉到胸前，雪之下有點疲憊地嘆了口氣。

「先不說小町了，一色呢？妳的成績沒問題嗎？」

「我嗎？喔，嗯。我打算走推薦入學……」

「喔——推薦入學。不錯喔！」

「哼哼，我學生會長可不是白當的。小米要不要也以推薦入學為目標？畢竟妳看起來很笨。」

「哇這個人怎麼講這種話人格真的有缺陷……可是推薦入學聽起來很吸引人，小町現在決定要參選學生會長。小町會在今年的選舉上擊敗妳。」

「哈哈，我不覺得自己會輸耶——」

「真期待今年的選舉，呵呵呵。」

一色嗤之以鼻，小町露出意味深長的微笑。兩人默默互瞪，接著，一色的笑容突然蒙上陰霾。

「……咦，等等？妳不會真的跑去參選吧？要是學長他們站在小米那邊，我會心碎的……」

「誰知道呢……對不對？哥哥？」

「學長，到底是怎樣……」

小町帶著甜美笑容用撒嬌的語氣呼喚我，一色的聲音因不安而顫抖著，對我投以無助的眼神。

「哥哥♪」

小町刻意賣萌的天真聲音，輕快得彷彿在跳舞，閃閃發光的雙眼寄宿著全面的信賴，歪過頭的動作像隻用頭蹭過來的小貓，使我覺得不能背叛這孩子的期待。

「學……長……」

一色形狀姣好的飽滿雙唇，用類似炙熱吐息的聲音吐出斷斷續續的話語，水汪汪的大眼抬起視線凝視我。哀傷地揪緊胸前制服的動作如同祈禱，纖細修長的手指微微顫抖。

妹妹和學妹「你要站在誰那邊？」的無言質問，已經可以說是壓力。

不過，有別於從前方湧上的可愛壓力的另一種壓力自身邊傳來。

我往旁邊偷瞄了一眼，雪之下跟由比濱面無表情地看著我。

「…………」

「…………」

不要不說話好不好？札幌雪祭的雪雕表情都沒那麼冰冷。

用膝蓋想也知道怎麼回答都不會有好事，所以我只能「啊哈哈」發出沒有任何意義，只是用來填補沉默的乾笑。

不曉得過了一秒還是兩秒。抑或是永恆的時間。

在我即將於熱情與冷靜之間遭到抵消時，結束的時刻終於到來。

叩叩。

過了這麼久，這間社辦的門再度被人叩響。

× × ×

敲門聲令眾人回過神來，面面相覷。接著望向門。

我趁機「呼啊啊啊啊啊啊啊」嘆了一大口氣。好險——還以為真的會斷氣……我的救命恩人到底是誰？我懷著感謝的心情往門口看過去。

然而，那扇門始終沒有打開。我感到不解，這時門後又傳來「叩，叩……」聽起來參雜些許困惑的敲門聲。

「小町，妳要回答人家呀。」

「啊，好！請進——！門沒鎖——！」

小町大聲吶喊，訪客提心吊膽地打開門。

「打、打擾了……」

一名頭髮黑中帶藍的男學生用細不可聞的聲音說道，慢慢踏進社辦。

是川什麼的同學的弟弟，川崎大志。

大志看了社辦內部一眼，瞬間退縮。看來是被女性比例之高嚇到了。他猶豫著要不要走進來，由比濱向他揮手，親切地跟他打招呼。

「喔——是大志。好久不見——」

「請進。」

「啊，謝謝不好意思謝謝。」

雪之下催促他進到社辦，大志難為情地搔著頭和臉頰，頻頻低頭致意，露出靦腆的笑容。

嗯——好啦，可愛的學姊親切地跟自己揮手，會不小心做出那種反應，我可以理解。

是可以理解沒錯，但這跟那是兩碼子事……

你笑得那麼爽幹麼？小心我跟你姊告狀。可是要主動找川什麼的同學說話難度太高了。沒辦法，放你一馬吧。給我好好感謝我的社交力之低和你姊的恐怖指數。

我雖然放過了他，卻有個人不肯放過他。

「他是誰呀？」

一色一臉納悶，瞥了大志一眼，馬上將視線移回我身上，語帶懷疑地問。

「川崎大志。川崎的弟弟。」

「是喔……不對，我連川崎是誰都不知道。」

她拉長聲音，用聽起來毫無興趣的語氣回應，似乎壓根沒有印象。

「妳看過好幾次吧……辦舞會的時候她在服裝方面幫了很多忙。」

「啊——那個感覺很可怕的人……」

一色一回想起來就迅速移動椅子，跟大志拉開距離。君子不立於危牆之下。挺聰明的判斷。因為弟弟被貶低的話，川什麼的同學會真的生氣喔！

然後，小町辛辛苦苦搬來一張折疊椅放在沒人坐的地方。

「你先坐下吧。」

她拍拍椅子叫大志坐下，回到自己的座位上。

「謝謝妳，比企谷同學……」

大志神情恍惚地道謝，緊接著似乎想到了什麼，露出恍然大悟的表情，異常激動地說：

「啊，哥哥也在場，叫比企谷同學會搞混耶。是不是最好換個叫法？對吧？」

「咦？沒關係啊不會搞混啊？放心啦。維持原樣就好。你都叫哥哥『哥哥』呀。」

「……也對。」

大志灰心地坐到椅子上，肩膀垮了下來，跟最終回的丈一樣燃燒殆盡。（註41）

由比濱心痛地看著他，「唔……」為之語塞，雪之下則輕聲呢喃「……叫名字呀」，默默垂下視線。

她們的反應透出一絲同情及共鳴。

不不不，大志這種貨色，要用名字叫小町還太早了啦。光之美少女都要花上八

註41　指漫畫《小拳王》的主角矢吹丈。

話的時間了（註42）。嗯，這種事要按照順序來。到底要在什麼樣的時機改成叫名字比較適合？各位覺得呢？

一色無視為自己煩惱的我，將椅子移到小町旁邊，訝異地附在她耳邊問：

「小米，妳認真的嗎？」

小町愣了下，然後立刻露出得意的笑容，豎起大拇指。

「哼哼，當然呀。」

「哈哈，看不出是不是耶──」

聽見一色的乾笑，我們只能回以苦笑。哎呀，有時候真的搞不懂小町……

「小町，最好問一下人家的來意。」

「啊，對喔。」

聽見雪之下的叮嚀，小町突然面向大志。然後誇張地清了下嗓子，擺出源堂姿勢，鄭重其事地開口。

「咳咳……那麼，請說。」

「沒有啦，那個，不是什麼重要的事，不如說我也沒多煩惱，只不過，想跟大家

註42　第一代《光之美少女》的兩位女主角美墨莎莎和雪城乃香，在第八話吵架和好後開始用名字稱呼對方。

商量一下……」

大志害羞地扭來扭去，邊說邊偷看小町。然而，因為他這個樣子的關係，話題毫無進展。

小町沉吟著裝出一副正經八百的態度，我卻有點不耐煩。雪之下和由比濱也安分地聽他說話，我忍不住開始抖腳。至於一色，她根本沒參與對話，無聊地滑著手機。不時會笑一下，結果是在逛社群網站……這個在垃圾聯誼上的垃圾女作為是怎麼回事……

「其實我有點煩惱要加入哪個社團……想徵求一些建議……你、你們覺得呢……」

在我悶悶不樂地心想「卡緊共啦……」時，大志終於進入正題。

「這樣啊。去棒球社吧，棒球社。比起那點小事，去打棒球吧。好，決定了。」

「立刻回答!?而且超隨便!!」

「至少問一下他煩惱的理由……」

由比濱大吃一驚，雪之下一臉無奈。我也不是隨便說的。是經過審慎的思考才如此建議。

畢竟當上棒球選手就能跟聲優結婚。機率遠比輕小說家高。不如說輕小說家是最不可能的吧。連廣播節目的腳本家都跟聲優結婚了。我也想在年底宣布結婚。

我在腦內跟職棒新人選秀會繳交職業球員申請書時，認真聽他說話的小町「嘸——」了一聲。

「你去體驗入社過了嗎？」

「呃，去了也有點搞不清楚……因為就算我問問題，對方也不會老實回答吧。表面上說『我們這邊很輕鬆喔』，實際情況又沒人知道……」

大志苦笑著望向我。直接跟小町說話，他似乎會緊張。我懂……

「姊姊開始去補習班上課了，所以我得幫忙照顧京華。這樣的話，最好別選太嚴格的社團。不如說管比較鬆的……」

「……原來如此。」

大志已經轉為和我交談，結果變得得由我應聲附和。

好吧，青春期的男生面對喜歡的女生和高年級美少女會緊張，也是無可奈何。

他像要求救似地看著我，我自然無法置之不理。

不過，話雖如此，身為青春期男生，就算方法很迂迴，果然還是會想展現自己的優點呢！

「我啊？也都上高中了嘛？覺得要多幫家裡一些忙比較好。」

大志邊說邊偷看小町。言外之意是「怎麼樣？別看我這樣，我考慮得很多喔？」。

小町點頭聽著那渺小又十分催淚的自我宣傳，不久後用力點了下頭，轉身面向我。

「哥哥，這是那個對吧。」

「是那個沒錯。」

我們同時點頭，四目相交，☆無言・嗯。（註43）

兄妹倆無視一頭霧水的大志、雪之下、由比濱，擅自心靈相通，一色大概是覺得奇怪，終於提出疑問。

「『那個』是什麼？」

「「四月病。」」

「沒聽過的疾病……」

「你家的《家庭的醫學》特別厚呢……」

我和小町異口同聲地說，由比濱露出參雜無奈的苦笑，雪之下以手按著太陽穴嘆氣。至於一色，她興致缺缺地扔下一句「喔，是喔」，又徹底無視我們了。

只有大志目瞪口呆。沒辦法，說明一下吧……

「所謂的四月病，是國中生、高中生、大學生，或者社會人士，在進入新環境時

註43「四目相交　☆無言・嗯」為工藤靜香的歌曲〈無言・嗯……性感〉中的歌詞。

太有幹勁，開始做多餘的事的疾病。『我已經是大人了……』像這樣進行半吊子的意識改革，跑去學英文、寫日記、去健身房等等，總之就是做起多餘的事。」

我鉅細靡遺地解釋，由比濱「嗯──」皺著眉頭，感到困惑。

「聽起來沒什麼不好呀……」

「那些人可是抱持著『四月了所以來做點事吧』這種天真的想法喔。哪可能持續太久。結果就是冒出一堆不會碰的吉他或吃剩的蛋白粉……」

四月病的恐怖之處，在於事後依然會慢慢造成傷害，跟慢性毒一樣。例如大掃除的時候，看見吉他、蛋白粉等夢想的殘骸，會覺得「我什麼事都做不好……」陷入自我厭惡之中。半途而廢的夢想的一塊碎片，會忽然傷到自己。其中日記的威力最大。偶……活……我的日記結束在這裡。

然而，不會結束就是四月病的後遺症。

「只是自己一個人靜靜發病的話，小町是不會有意見啦，不過患者通常會『炫耀自己開始做某件事』，得意的方式很吵，身為家人必須說有點煩。」

小町表情超級嚴肅。咦咦……小町原來是這樣想的嗎……哥哥有點受到打擊……

「不、不是……我沒有，那種想法……那個，我以前，也有認真參加社團活動……雖然成績馬馬虎虎而已……」

我望向講話結巴的那人，大志整張臉都紅了。

嗯，男生總會有一、兩次那種經驗吧。對不起喔？有種害你當眾出糗的感覺。儘管稱不上贖罪，我得更專注地傾聽他的煩惱才行。

「你國中是什麼社？」

從他剛剛那句話聽得出，大志參加過社團。他都特地講出來了，表示那對大志而言是挺重要的回憶吧。我詢問這方面的資訊，大志迅速抬頭，帶著開朗的表情回答：

「軟式網球！我們有打進縣大賽喔！」

他順便瞄向小町，不忘展現自己有多厲害。小町「喔～」隨便拍手回應。好吧，大志打起精神就好。非常好。但我聽見一個令人在意的詞彙。

「……這樣啊。那網球社就得排除了。」

「咦，為什麼!?」

大志完全搞不清楚狀況。可是有疑問的人只有大志。其他人都理所當然似地點頭贊成。

「啊——戶塚學長……」

「戶塚哥哥呀……」

「小彩的話就沒辦法了呢……」

一色一臉不耐，小町感慨地說，由比濱則快要抵達頓悟的境界。討厭，我被放棄治療了……但無論她們怎麼想，我都不能讓大志這種輕浮的傢伙加入那個神聖的網球社。我想守護那個笑容……

然而，只有一個人沒有感到疑惑，也沒有點頭贊成。

雪之下撥開垂落在肩膀上的長髮，露出得意洋洋的笑容。

「我倒覺得有新社員加入，戶塚同學會很開心喔？」

「唔，確、確實有可能……」

不愧是雪之下……完美命中我的弱點……不僅如此，她的攻勢還絲毫沒有減弱。

「要是他知道你破壞了獲得新社員的機會，應該會十分悲傷吧……」

雪之下的語氣變得更加沉痛，靜靜垂下目光。這個動作誇張得像在演戲，不過由雪之下這樣的美人做出來還挺有模有樣的，令人困擾。

而且，雪之下說得沒錯。這樣我也不方便繼續插手插嘴了。好啦，我還是會插幾句話。

「不必擔心。想個折衷方案，只要我現在去加入網球社，減一再加一，正負相抵等於零……」

可惜這句話也沒能說到最後。

「比企谷同學。」

雪之下直盯著我。

臉頰微微泛紅。嘴角綻放燦爛的笑容。輕輕張開好看的粉色雙脣。

如同一朵華麗又溫柔地盛開的花，對我說道：

「駁、回。」

我想也是。我知道，我講爽的而已。不如說要是妳沒駁回，我還真不知道該怎麼辦。

「……好吧，跟戶塚商量也不失為一個辦法。雖然我想盡量避免用這招。」

我宣布投降，大志靜靜舉手。好的，大志同學，請問有什麼問題？

「那個，網球社很忙嗎？」

「嗯──不知道耶。感覺練習得挺勤的。小彩午休時間也會去練習喔。」

「對啊，他超努力的。我邀他去玩，他也會說很忙，一直抽不出時間。」

尤其是最近這段時間，戶塚好像因為要照顧體驗入社的學生和拉新社員，忙得不可開交，沒空出去玩。只要沒有工作，我就能跟戶塚玩到爽了……我恨，我恨工作。我恨截稿日。全是工作害的……我沒有錯，錯的是工作。

可是，為何伊呂波歪著頭，彷彿對此存疑？那種「是這樣嗎──我覺得不是耶──」的反應，是不是不太對？

思及此，一色擺出一副獨自想通了什麼的態度，開口說道：

「哎，沒興趣的人約自己的時候，大部分都會那樣講啦～『等事情處理好』、『最近很忙』、『我睡著了——學校見——』之類的。」

「只有妳會幹這種事吧……」

最後那個是怎樣……是晚上八點左右被已讀不回然後在隔天早上收到的LINE嗎……明明傳了問題過去，對方卻對它隻字不提，只是隨便附上一個貼圖搭配那句話，豈止是話題結束，根本不會再有機會跟對方傳LINE……

絕對只有妳會幹這種事……我如此心想，掃了周遭一眼，所有人都神情凝重地沉吟著。

「咦咦……大家怎麼都不說話……」

「有其他事要處理、有安排了……我的確會用這種理由……不，我是真的有其他安排，才會這樣回絕對方……」

雪之下手放在嘴角，煩惱地說，由比濱苦笑著玩起頭上的丸子。

「我、我不太常那樣說啦，不過如果是要約我出去玩，我會說『好呀——！下次大家一起去吧——』……」

「啊——這理由真的超常用。」

小町點頭笑著附和，我和大志卻笑不出來。

「下次被這樣拒絕，我真的會有點難過……」

「乾脆直接拒絕都還比較好。」

我和大志初次產生連帶感。讓我們將其命名為羈絆……

在我為男人美麗的友情深受感動時，旁邊傳來的聲音迎頭澆下一桶冷水。

「你也很常說『有空我就去』呀。」

「對……那個真的很讓人困擾，到底是要不要去……」

轉頭一看，不只雪之下，由比濱也不悅地噘起嘴巴。兩個人加在一起，寒意也是兩倍，已經不是冷水，而是液態氮。

「沒有其他行程還要先拒絕對方一次，非常不可取。」

「嗯，反正你最後一定會去……」

雪之下和由比濱看著對方，歪過頭「對吧——？」表示贊同。

然而，她們馬上意識到不對勁，「……咦？」這次往反方向歪頭。

「……由比濱同學，那是什麼時候的事？」

「什麼時候……」

經她這麼一問，由比濱望向上方，張開嘴。但她很快就閉上嘴巴，雙手伸向前猛揮。

「啊，沒有啦沒什麼……嘿嘿嘿。」

由比濱收回前言，靦腆一笑，撫摸丸子頭以掩飾害羞。

哈哈哈，是什麼呢？有什麼事嗎？不過，她都說沒有了。是說到底是什麼。哪件事啊。在什麼時候發生了什麼事啊……

我內心無愧，也毫無頭緒，可是輕輕用手指掩住嘴角，移開目光的由比濱那嬌羞的表情，以及銳利如冰柱，卻帶有一絲憂傷的雪之下的眼神，導致我的胃發出悲鳴。

必須想點辦法——我從內臟深處擠出自己想得到的所有解釋。

「不是，誤會，雖然我不知道是什麼誤會，總之一切都是誤會。我也有真的不想赴約的時候。意即可以說是得等到當天早上觀測過後才能確定答案的疊加態。這個道理在人稱薛丁格的貓的思想實驗中也得到了證明。」

「薛丁？那是什麼？」

聽見陌生的詞彙，由比濱頭上冒出問號，雪之下則沮喪地垂下頭。

「……那個實驗為什麼要用貓呢？我很心痛。」

「因為貓會跳進盒子裡嘛。」

小町隨口安慰她，旁邊的一色傻眼地看著我。

「好厲害的敷衍法……」

「哈哈哈妳在說什麼呢哈哈哈。」

我冷汗直冒，發出乾笑，一色「嗯——」雙臂環胸，看著下方不知道在想什麼。

「所以之前那次也要保密囉。瞭解——☆」

「哈哈哈哈哈妳在說什麼呢哈哈哈哈哈我完全狀況外耶哈哈哈哈哈呃我是真的不知道妳在說什麼耶？」

一色拋了個媚☆眼，做作地對我敬禮。接著迅速放下手，豎起食指放在脣前。輕輕「噓——」了一聲，微微瞇起的兩眼中閃爍著淘氣的光，表情轉為小惡魔般的笑容。

……糟糕。我開始覺得真的有什麼了。真的不妙。雪之下和由比濱一直懷疑地看著我，情況非常不妙。連大志都帶著「這傢伙是怎樣……」的表情注視我。男人的友情真短暫……

在我跌入絕望深淵時，對面的小町無奈地嘆氣。然後露出燦爛的笑容，面對一色。

「網球社的情況小町明白了，那足球社如何？很忙嗎？」

幹得好，小町！我也只能乘上這波巨浪了！我效法小町望向一色，一色邊想邊開口。

「練習量普普通通，不過要適應上下關係和跟學長相處，或許會有點累。」

「咦——好意外。足球社感覺不會有這種情況的說……」

由比濱驚訝地張大嘴巴，但我一點都不意外。

「不，我能理解。是那個對吧？葉山會溫柔地對他說『大志，你覺得那樣做對嗎？』這種話對不對？那傢伙明明不肯告訴人家正確答案，卻總愛高高在上地發表意見，一副自己說了什麼名言的態度。確實挺累的……」

「好嚴重的偏見！」

「不是，是經驗。」

我冷靜回答由比濱的譴責。

實際嘗過一次那種滋味，就不會覺得那叫偏見了……我感慨地心想，雪之下喃喃說道：

「……跟姊姊一樣的論述法。」

對對對，真的。我默默點頭，一色見狀，擺出一張臭臉。

「你們把葉山學長想成什麼樣子了……我說的不是他，是戶部學長。」

「戶部啊……戶部就，嗯，呃，嗯……」

由比濱似乎想到了什麼，移開目光，支吾其詞。她真溫柔……

「那個人超愛擺學長架子的……可能是多了學弟很開心，或是想裝大哥吧，整個人跩到不行，自以為高人一等……」

可是，為什麼伊呂波要說出來呢？還講得很難聽耶？

「啊──那種自大仔啊……」

小町一臉很懂的樣子，隨口附和。那什麼啊得士尼樂園的新遊樂設施嗎（註44）？太恐怖了吧……看，大志也嚇到苦笑了……

「我對那種人有點……」

本想罵他「你這個現代的小鬼……」但我也對那種人有點……沒資格說他。

「我覺得運動社團都會有類似的狀況。走體育系路線的人，無論如何都無法逃避上下關係和縱向社會……這樣的話，考慮文系社團如何？」

雪之下手抵著下巴，陷入沉思。可是，聽見她的喃喃自語，一色卻露出淺笑。

「……文系社團的那種文化更根深柢固喔。而且很多文系社團不分性別，所以更容易起爭執。」

「那是妳的親身經驗？哪個社啊？」

她的語氣異常真實，超級恐怖，害我反射性詢問。不過，一色只是面帶微笑，一句話都不肯說。咦咦……好好奇……難道是我知道的社團……

我東想西想，跟我一樣在思考的大志忽然開口。

「文系社團啊……那、那個，比、比企谷同學是侍奉社的嗎？」

「嗯。不如說，小町是社長呀。」

註44「自大仔」原文部分與「山」音近，而迪士尼樂園有許多用山命名的遊樂設施。

「這樣啊，哦……啊，那——」
大志的話講到一半。不用聽我都知道他接下來要說什麼。
正因如此，我才打斷了他。
「用不著那麼急啦。再多考慮一下吧。那今天就此解散。我去上個廁所。」
「咦……」
我趁大家還在錯愕時迅速從座位上站起來，活動肩膀，順便朝大志用下巴指了下走廊。我的意圖似乎正確傳達到了，大志也連忙起身。
「那、那，我今天也先告辭了……」
「啊，嗯，再見！」
我和大志聽著小町她們的道別從身後傳來，走出社辦。他應該不會想在喜歡的女性面前聽我說教，我就稍微體貼他一下吧。
我們在走廊上走了一段時間，來到聲音傳不到社辦的地方後，我轉頭面向大志。
「你真的打算加入這個社團？」
「……可以的話……從哥哥的角度來看，果然不贊成嗎？」
大志搔搔頭，害臊地笑著。
的確，對於接近小町的男人，我有話想說。以小町為目標企圖加入侍奉社，萬萬不可饒恕。但這件事等下次再說好了。

「……先把小町的事放在一旁，這是我身為哥哥的經驗。」

聽見我的開場白，原本輕浮地笑著的大志表情瞬間一變。

看他這個反應，我在內心確信。

就是因為這樣姊控才值得信賴。

他一定能理解我想表達什麼。

「……弟弟用那種方式為自己顧慮，你姊不會高興吧。」

「哈哈，姊姊應該真的會不開心。」

大志快活地笑了。不是剛才的害臊笑容，取而代之的是深深的愛情。

「不過，不是那樣的。不是在顧慮姊姊，只是我想要報恩而已……而且，我覺得如果我加入的是這個社團，姊姊也會為我高興。」

「啥？為什麼？」

他一臉神清氣爽，我對他投以充滿疑心的視線。大志咧嘴露出討厭的笑容，開玩笑似地用手肘輕輕撞我。這傢伙好煩……

「討厭──別逼我說出來嘛。哥哥。」

「別叫我哥哥小心我殺了你我說真的快滾之後再聯絡你。」

我沒耐心繼續應付大志，嘖了一聲，甩手趕走他，轉過身去。大志對大剌剌地走向廁所的我吶喊：

「謝謝！麻煩了！」

爽朗的道謝聲於身後響起，我舉起一隻手，不耐煩地揮了揮。

真是，就是因為這樣姊控才不好處理……

×　×　×

我遵照我的宣言，上完廁所回到社辦，三位女性正聊得不亦樂乎。

「可是，我有點能體會大志的想法。如果我有妹妹，應該也會考慮這些。好好喔……我也想要一個哥哥！」

「啊，我懂我懂。對獨生子來說很令人嚮往呢。」

由比濱和一色興奮地聊著，我隨口應聲，坐到自己的座位上，笑容滿面的小町講出一句很過分的話。

「小町不要哥哥，想要姊姊。真心的。」

「啊——姊姊好～可以互借衣服和化妝用品，一起出門逛街。」

「不錯耶～衣服和化妝品等於半價～CP值超高的。」

「我覺得不太對……」

理由各不相同，不過大家都紛紛訴說對姊姊的嚮往。只不過，在場唯一有姊姊的雪之下，好像無法釋然。

「是這樣嗎……我倒認為姊姊沒有妳們說的那麼好。」

「不好意思，雪乃學姊家的那位沒有參考價值，可以請妳安靜一下嗎？」

「……這、這樣呀。」

一色無情地說，雪之下垂下頭。

伊呂波的意見我深有同感，講得也沒錯，可是好歹換個說法吧？例如可以改成這樣說。我清了下喉嚨，示範給她看。

「嗯，那個人有點異常，不如說超出規格……不能一般而論。」

「對！沒錯。那個人有點異常。」

雪之下猛然抬頭，展露微笑。不知為何還有點得意。

對喔，這傢伙挺喜歡陽乃的……姊姊也喜歡這個妹妹。雖然她們的愛情都很扭曲，我完全無法理解……

正當我在思考雪之下姊妹的關係時，由比濱將話題拋給我。

「自閉男呢？你不會想要哥哥或姊姊嗎？」

「不會。那可是我的哥哥和姊姊耶。肯定很那個。」

「這句話明明等於什麼都沒說，卻帶有驚人的說服力……」

我立刻回答，害雪之下嚇到了。不用仔細說明對方也聽得懂，好輕鬆喔，真棒……

「確實，哥哥的話搞不好會很那個……但我覺得自閉男和姊姊會處得不錯耶……不如說，自閉男跟像大姊姊的人很合得來，嗯。」

由比濱不知為何挺起胸膛。呃，妳用全身表現得像個大姊姊也沒用……

我如此心想，雪之下在旁邊撫摸柔順的長髮，露出比平常更加成熟的微笑。

「的確。你應該需要能容許你的廢人度的包容力。」

「對對對，而且自閉男超愛我媽的！跟年紀大的人很合得來啦！」

「笨蛋妳在說什麼啊，全世界沒人不喜歡那個人。大家都喜歡她啦妳夠了喔我說真的。」

「我因為莫名其妙的理由被罵得好慘!?」

我當然會生氣啊，我最喜歡比濱媽媽了。喜歡到無法坦率表達自己的心意，會忍不住避開人家。我正準備繼續高談闊論，眼角餘光瞥見雪之下擺出理解一切的表情。

「要說合得來的話，我的母親也不遑多讓。你被她深深喜愛著。」

「可以不要用被動式嗎？還有可以不要在這邊公布新情報嗎？」

我至今依然覺得雪媽很可怕喔。

小陽乃也滿可怕的，最近我還重新認知到小雪乃果然也很可怕……哎，覺得可怕不代表不喜歡啦，但感覺好複雜。這是怕饅頭理論嗎（註45）？

我現在更怕一杯茶耶……我將手伸向茶杯，一色彷彿看準了這個時機，笑出聲來。

「可是，學長喜歡年下吧～」

一色悠哉地喝著茶，雪之下思考起來。

「年上年下的定義是……」

「呃還能有什麼定義不就比自己大或比自己小嗎……」

這傢伙在說什麼啊……我感到不解，雪之下默默移開視線，用手梳理長髮。黑髮如同簾子般擋住她的臉。不過，從縫隙間可以窺見她微微泛紅的臉頰。

「是、是嗎……以出生年月日為基準的話……我姑且，也算比你小。」

……沒這回事喔？

雪之下支支吾吾的，大概是在壓抑羞恥的心情，像在試探似地說道，可惜沒這回事。因為年上年下通常是以年級為基準區分喔？不管講話的語氣有多可愛，妳跟

註45「怕饅頭」為經典的落語段子。一名男子表示自己最怕饅頭，眾人便找來一堆饅頭嚇他，饅頭卻被男子吃完了。其他人質問他「你不是怕饅頭嗎」，男子回答「我現在更怕一杯茶」。

我都是同年級喔？

好險好險。我差點覺得「的確！她或許算得上年下！」。再一下就要失去冷靜了……然而，我的安心只維持了一瞬間，已經有人失去冷靜了。

「看生日的話太那個了，那換成看那個呢？精神年齡！這樣的話我覺得我比較低！自閉男就是哥哥了！」

「呃這理論不對吧。」

可惜我的聲音似乎無法傳達。由比濱正在反覆咀嚼自己剛才所說的話。

「哥、哥哥……哥哥啊……好像不錯。」

她害羞地說，撫摸淡粉色的丸子頭，露出幸福的微笑。修長的睫毛緩緩蓋下，看起來十分柔軟的臉頰笑容滿面，紅潤的雙唇反覆呢喃那個詞。

她這樣一直重複，搞得跟全家便利商店的店內廣播一樣，我不禁心想「……難道，我是哥哥？」搖頭驅散這個念頭。不，怎麼想由比濱的精神年齡都比我大。妳超成熟的喔……也可能是我太幼稚。

由比濱好像也發現不對勁了，猛然回神，睜開眼睛。

「啊，哥哥大概不行。」

她講這句話是什麼意思，我只能用推測的，但我刻意不去解釋，而是講出自己心中的原理原則。

「喔、喔……對、對啊……我不需要小町以外的妹妹……」

謝了，我的LIL SISTER（註46）。託妳的福我才沒失去理智。我用斷斷續續的聲音述說的話語，想必十分誠懇。

坐在對面的小町用雙手遮住嘴巴，眼泛淚光，感動得哭出聲。

「哥哥……嗚嗚，雖然有點非常噁心，謝謝你。小町也只要一個哥哥就夠了。不如說太多了，無法負擔……」

「小米好過分……」

小町講話過於惡毒，連一色都對我表示同情。當事人小町卻滿不在乎的樣子。

「對妹妹來說，哥哥就是那樣的存在囉。」

「的確。對妹妹來說，姊姊或許也是那樣的存在。」

小町和雪之下看著對方，莞爾一笑。或許是只有妹妹才會產生的共鳴。彷彿在共享祕密的微笑，散發出旁人不容輕易介入的氣氛。

「妹妹……果然很棒……」

「是嗎？妳有妹妹的話屬性會跟我重複吧？年下多到要塞車囉？」

由比濱帶著充滿無限憧憬的眼神凝視兩人，一色則在看著她們杞人憂天。呃，

註46　娃娃玩具「驚喜寶貝蛋」的其中一個系列。

真的是杞人憂天……放心啦，伊呂波是Only one……順帶一提，我家的小町是妹系角色的Number one！（據我調查）

「啊，小町想到一件事，可以說嗎？」

「當然。妳是社長呀，小町。」

雪之下呼喚她的聲音中，帶有對她的信賴，小町高興地抖了一下，不停點頭。呆毛隨著她的動作晃動。

「那麼，現在開始召開作戰會議，請大家把耳朵借小町一下……」

小町刻意對我們招手。這間社辦裡面就只有我們幾個，她卻想講悄悄話的樣子……好吧，這樣比較有作戰會議的味道。我們面面相覷，不禁苦笑，向前湊過去聽小町所說的計畫。

不過，由於大家都湊在一起，吹在耳朵上的氣和搔弄鼻尖的甜美香氣害我心神不寧，重要的計畫只聽進一半左右。

作戰會議在我左耳進右耳出的過程中結束。

糟糕，沒問題嗎……我不安地望向其他人，除了我以外，大家似乎都有聽進去。那我就放心了。剩下兩位社員應該會幫忙看著，安啦！

「……原來如此。這手段很符合妳的作風。」

雪之下靜靜點頭，小町略顯害羞地搔著臉頰。

「是嗎？」

「是呀。不是明確的解決方案，卻會讓人心情輕鬆一些的溫柔做法。」

「嗯。我覺得很棒！」

由比濱也微笑著撫摸小町的頭。得到她們倆的稱讚，小町看起來既高興又有些難為情。

「不錯啊……雖然我不是社員，跟我沒關係。」

一色有點像在鬧彆扭，但她對於作戰計畫並無不滿的樣子。她輪流瞄了下我和小町，揚起嘴角。

「……妳果然跟學長很像。」

「不，一點都不像。」

小町揮揮手，認真回答。

咦咦……好頑固……妳就承認我們兩個很像不就行了嗎……

×　×　×

隔天放學後，我和小町在去社辦前先繞到正門口一趟。

委託人川崎大志也在旁邊。大志不安地往校門外瞄來瞄去，頻頻嘆氣。可以理解他會擔心。

畢竟我們沒有詳細的計畫。小町提出的策略單純至極。要說多單純，單純到可以用「THE　小町」當名字做為Simple系列發售的地步。（註47）

因此，只要最少的人力便足矣。我和小町就夠了。當然也是因為顧慮到人少一點，對方應該會比較願意開口。我們即將面對的人不好應付，難以預測對方會有什麼樣的反應。至少我大概沒辦法進行正常的交涉。

負責交涉的小町卻並未特別擔心。她唱著「還沒到嗎還沒到嗎——」望向校外，從容不迫，不僅如此，好像還在盼望對方的到來。

不久後，那名交涉對象抵達了赴約地點。

黑中帶藍的長髮用髮圈綁成馬尾，慢慢搖晃，兩根小辮子以慢了一拍的節奏，在空中輕快地彈來彈去。

是川崎沙希和她的妹妹，川崎京華。

看見我們的瞬間，京華揮著手小跑步衝過來。

「小町——！」

「京華——！」

註47　Simple系列為一系列的低成本遊戲，一律以「THE　○○○」命名。

小町溫柔抱住京華，揉著她的頭。京華害臊得眯起眼睛，心情看起來非常好，川崎則相當困惑。

「你們叫我把京華帶過來，所以我照做了，不過……那個，現在是要幹麼……」

她八成是沒搞清楚狀況，就被大志叫出來了。川崎看著我和小町跟大志，眉毛垂成八字形。好吧，事已至此，跟她說明清楚會比較快。

「喔，抱歉。大志在煩惱要加入哪個社團。妳想想，我們這邊也有很多事吧？所以……」

「啊——！停停停，哥哥！你在說什麼啊！」

大志嚷嚷著試圖打斷我說話，介入我和川崎之間，接著對我投以譴責的目光。

呃，你又沒叫我保密……

而且，恐怕用不著我說。

「……你不必擔心那種事。」

川崎眉頭緊皺，噘起嘴巴，語氣卻很溫柔。看來在我說明前，她就察覺到大致的情況了。

「呃，可是……」

被她用溫柔卻帶有一絲悲傷的眼神凝視，導致大志語無倫次，講到一半的話也消失在口中。

「……可是，身為弟弟妹妹，還是會擔心嘛。」

幫他接下去說的是小町。大志用力點頭贊同。

「啊，嗯。我懂……但那是我該負責的……」

川崎有點困擾地解釋，小町對此一笑置之。

「……所以，小町想尊重弟弟妹妹的意見。」

小町蹲下來，和京華視線持平。川崎和大志同時面露疑惑。然而，沒什麼好奇怪的。

小町的交涉對象，打從一開始就是京華。

「京華，跟妳說喔。姊姊之後會有一點忙，可能會沒時間去接妳。在家的時候能一起玩的時間說不定也會變少。」

再怎麼費盡唇舌跟年幼的京華說明，也不知道她能理解多少。

但不能因為這樣就不告訴她。更重要的是，不能因為對方年紀還小就無視她的意願。

小町委婉地告訴她，京華眨了兩、三下眼睛，點點頭。

「這樣呀……」

她的大眼浮現困惑及悲傷，不久後泛起淚光。川崎見狀，露出憂鬱的神情，伸手想擁抱京華。

在那之前，小町先緊緊抱住京華。
「可是，大志或許會代替姊姊陪妳喔！」
接著用俏皮、愉悅、輕快的語氣說道，京華也笑了出來。然後不知道在模仿誰，挺起胸膛，故作成熟地說：
「志志啊……嗯，好吧，沒辦法。」
「咦？沒辦法……咦？……京華討厭哥哥嗎？」
大志聲音打顫，京華瞥了他一眼，冷淡地回答：
「普通。」
「普通……這、這樣啊。不是討厭就好……」
「你真樂觀……」
「啊，那個，我覺得京京挺喜歡大志的……」
川崎有點慌張地幫忙說話，小町聽了笑出聲來。
「是啦。開不了口說喜歡對不對？因為哥哥有一堆缺點。」
「我懂——！小町也是嗎？」
「嗯，對呀——從來不打掃也不會幫忙整理家裡，心血來潮卻會突然清起地毯上的毛髮，真的有夠煩。」
「真的。男人明明很龜毛，卻一點都不貼心。」

小町語氣溫柔，講出來的話卻頗為毒舌。另一方面，京華的語氣雖然像在裝大人，她說的搞不好是正確的。川崎默默點頭。

之後她們仍然繼續抱怨。我和大志一同垂下肩膀反省，小町的語氣忽然趨於和緩。

「……不過，偶爾也會覺得哥哥不錯啦。我們啊——會一起看光之美少女喔。」

「喔——恩典天使……」

「對對對。然後一起模仿她們玩。」

小町說出這句話的瞬間，川崎驚恐地看著我。

「你在做什麼……」

「沒有啦，那個，是以前的事……」

我辯解的瞬間，京華充滿活力的聲音響起。

「我也會喔！跟沙沙一起！對不對？」

忽然被提到的川崎因為過度羞恥，用手遮住臉。呃，沒關係啦，我明白……妳是個好姊姊……自然會願意模仿光之美少女……

我備感溫馨地看著川崎和京華，我家的光之美少女輕輕咳了一聲。噢，糟糕，作戰計畫被我忘得一乾二淨……我也咳了一聲表示瞭解。

大軍師比企谷小町的計策即將揭曉。It's Party Time！

「我哥很厲害喔。會教我念書，跟我一起做菜，還會幫助遇到麻煩的人……挺帥的。」

「京華的哥哥也是！京華的哥哥也很厲害！跟妳說，志志很會打網球喔。超帥的。」

這是兵法三十六計之一的「無中生有」。又名炫耀哥哥大賽。

把哥哥壓根不存在的優點講得跟真的一樣，從京華口中問出哥哥的長處……竟然想得出如此愉悅的計策，那傢伙是派對咖軍師（註48）對吧？

「這樣啊。不錯呀。很帥。」

「嗯！京華喜歡帥氣的志志喔？」

小町微笑著望向這邊，京華也跟著看過來。映入眼簾的是妹妹最可愛的笑容。儼然是兩朵綻放的花。

「咦，喔、喔喔……」

大志已經連話都講不清楚，感動到哭出來。那麼，再推他一把就是我的工作了。

「……你也聽見了。讓妹妹看見自己帥氣的一面，也是好哥哥的任務喔。」

我在真正意義上推了他一把，大志搖搖晃晃朝京華踏出一步。只不過，僅存的

註48　梗出自漫畫《派對咖孔明》。

理智令他忍不住回頭。

「呃、呃，可是這樣對姊姊不太好意思……」

唔。還差一步嗎……好，那麼就來收尾吧。

「有什麼關係。你姊這麼努力，應該也是想表現給弟弟跟妹妹看。」

「喂、喂……！」

川崎連忙抓住我的肩膀，想要阻止我，卻沒有否認。光是這樣，對大志來說就夠了。他搔著鼻頭，「嘿嘿！」笑了下。

「……我，要打進全國大賽。」

接著萬分帥氣地宣言，衝向京華。

哎，網球社的話，只要跟戶塚商量總會有辦法吧。他一定會幫忙找出最適合大志的折衷方案。儘管把事情都丟給他不太好意思，總之任務達成了。

這個解決方式絕對稱不上好。問題應該也沒有排除。

不過，這個幫助人的辦法很有小町的風格。雪之下說得沒錯。

我鬆了口氣，小町小步走過來對川崎說：

「沙希姊姊，如果妳在兄妹關係方面遇到什麼問題，請來找小町！因為小町是專業的妹妹。放馬過來！雖然小町不確定扯到別人家的事，小町能負責到什麼地步！」

「什麼嘛，妳太誠實了。不過……嗯，有事我會考慮來找妳……謝謝。」

小町講得太直接，導致川崎露出苦笑，最後轉為溫柔的微笑。她小聲跟我們道別，輕輕揮手，走到大志和京華身邊。

我們目送並肩而行的川崎姊弟妹逐漸走遠，小町突然咕噥道：

「……帥氣的哥哥真好。小町有點嚮往。」

「這樣講聽起來好像我一點都不帥。」

「小町是這個意思沒錯……哥哥身上哪裡有帥氣要素呢……」

她一臉失落，我故意做出帥氣的表情。

「只要閉上眼睛和嘴巴，我的臉還算能看吧。」

小町努力從各個角度端詳我的臉，不久後死心地垂下肩膀。

「哥哥太信賴心眼了吧……就算有小町這雙眼睛也看不穿……」

「哈哈哈，修行不足喔……主要是我修行不足。」

「真的……那回社辦吧。」

小町轉身走向校舍。穿過正門時，她的腳步轉為哼著歌的小跳步。

「……好啦，之後我會讓妳見識哥哥帥氣的一面。畢竟我們還會在一起一年。」

小町跑上通往大門口的大樓梯，我對她的背影說道，慢慢跟在後面。

操之過急就太可惜了。因為這是我和小町在同一所學校度過的最後一年。讓我好好享受，直到厭倦為止吧。

揚。

我穩穩地一步步走上樓梯，終於追上小町，她在最上層轉過身，裙襬於空中飛揚。

「不是一年，是一輩子……所以，要一直讓小町看見哥哥帥氣的一面喔。」

語畢，小町按住隨風飄逸的頭髮，臉上浮現成熟的微笑。連跟她相處十五年的我都從未見過的美麗姿勢，害我不小心看得出神。

「……開玩笑的啦，剛才那句話小町覺得分數很高喔！」

才剛這麼想，她就俏皮地用雙手在臉頰旁邊擺出橫著的V字手勢，展露燦爛的笑容。

直到厭倦為止？說什麼蠢話。怎麼可能厭倦。想好好享受的話，我的人生還嫌太短呢。一輩子都不夠。

我看，果然只要有妹妹就好了……對吧？

（完）

Author's Profile

田中羅密歐
Romeo Tanaka

作家、腳本家。擔任《CROSS†CHANNEL》等多款遊戲的腳本家。著作有《人類衰退之後》、《AURA ～魔龍院光牙最後的戰鬥～》、《マージナルナイト》等等。

白鳥士郎
Shirou Shiratori

作家。著作有《らじかるエレメンツ》、《農林》、《龍王的工作！》等等。

天津向
Mukai tenshin

搞笑藝人、作家。著作有《芸人ディスティネーション》、《クズと天使の二周目生活》等等。

伊達康
Yasushi Date

作家。著作有《瑠璃色的瞎扯淡日常》、《忍者與龍究竟誰比較強？》、《死黨角色很難當嗎？》等等。

丸戸史明

Fumiaki Maruto

作家、腳本家。擔任《青空下的約定》、《世界でいちばんNG な恋》等多款遊戲的腳本家。著作有《不起眼女主角培育法》。

渡航

Wataru Watari

作家。著作有《あやかしがたり》、《果然我的青春戀愛喜劇搞錯了。》等等。另外在《Project QUALIDEA》計畫中，負責撰寫作品及動畫版腳本。

後記（伊達康）

各位好，我是伊達康。

這次我在《果然我的青春戀愛喜劇搞錯了。》的短篇小說集中，寫了材木座的故事！

我從來沒想過自己能有這個機會參加，感到榮幸之餘也覺得很緊張。某種意義上來說，我投注了比寫自己的作品時更多的幹勁……大家還喜歡嗎？

寫這篇的時候，我在文庫本裡有材木座出場的地方貼上便條紙，重點式地重看那些段落，重新加深了對材木座義輝的感情。便條紙這種東西，我連課本和參考書都沒貼過呢。

但願能為大家多少帶來一些歡樂。

尤其是各位材木座粉，我衷心祈禱不會遭到「我的義輝才不是這樣！」「少看不起材木座寶貝了！」「我不承認這樣的材材！」之類的批評。

最後，《果青》完結真的辛苦了。

在此對寫出這部經典大作的渡航老師，致上深深的敬意——

伊達康

後記（田中羅密歐）

恭喜果錯（我專用的簡稱）完結。

本篇完結後的短篇集真不錯。我也寫了兩篇短篇慶祝完結。短篇小說集好像共有四本，應該會收錄在不同集吧？希望各位看得開心。

話說回來，本作的主角八幡非常喜歡吃拉麵，我對定食的熱情跟他一樣。開拓個人餐飲店也很好，但由於地理位置的關係，我滿常吃彌生軒的。在高圓寺一帶的時尚咖啡廳常見的把麵包、生菜、醃黃瓜等餡料放在大盤子上，叫人自己組合起來的漢堡，對於我這個會大罵「給我端成品上桌啊！」為此感到憤慨的難搞中年男性而言，定食才是完美無缺的經典外食選擇。

彌生軒我推薦茄子味噌和烤魚定食。唯一的選擇。茄子味噌就夠美味了，還附帶烤魚和冷豆腐，連免費的醃漬物都有，再多碗飯都不夠配。值得高興的是，彌生軒的白飯不用錢。希望各位至少吃三碗，把吃太多飯會想睡的我的份也一起吃下去（包括女性）。放心。配菜的量很夠。

對於去十次彌生軒，九次都會點茄子味噌的我而言，彌生軒等於是「茄子味噌和烤魚定食軒」。

田中羅密歐

後記（天津向）

各位好，我是天津向。這次有幸參加《果青短篇小說集》，真的十分感激。謝謝各位的閱讀。

接獲邀約時，我最先想到的就是這篇平塚老師跟八幡的故事。

我很喜歡平塚老師，喜歡到快發瘋的地步。因此我愈寫愈開心，寫到最後甚至在自言自語「我不是天津向。我是比企谷八幡。而八幡真正的幸福結局是和平塚老師在一起」。

哎呀——根本是可疑人士。

所以該怎麼說呢，我筆下的平塚老師充滿我個人「希望她這樣」的願望，或許會有不像本傳的平塚老師的部分。

對不起。請原諒我。但那是我的願望，請原諒我。

我還寫了「雪之下雪乃篇」和「川崎沙希篇」。這兩篇我也寫得很愉快，請各位務必看一下。

有這樣的機會，都要多虧ＧＡＧＡＧＡ文庫的編輯們，更重要的是渡航老師。真的感激不盡。

天津向

後記（丸戶史明）

各位好，我是丸戶史明。

我跟渡航老師在某部動畫的ＢＤ特典短篇小說集中合作過，很榮幸這次有這個機會……呃，起初接獲邀約時，我哭著跟他說「不不不你的作品的粉絲統統很恐——統統是具有文學素養的人所以像我這種娛樂小說作家會怕啊！」卻回絕不了，導致我玷汙了末座。

不過啊，在我百般抱怨之下，好不容易取得了主要角色的選擇權，最後寫出這麼一篇不知道誰看了會高興的短篇小說。

這也是因為我是（身為男性）不太守規矩的讀者，從這部作品的第一集開始，最關注的角色就是這篇小說的主角葉山隼人。

所以第四集的那一段和第六集的那一段，我也看得很興奮……在那之後，不曉得是不是因為他的立場太接近核心，作者似乎也有許多顧慮，他講話變得非常愛繞圈子、充滿謎團，導致我陷入妄想爆發、痛苦不堪的惡性循環……可是那不重要吧因為我比作者還要早一年交稿（禁句）。

託他的福，校稿時我不得不補上「現在連平成都結束囉」這一句你要怎麼補償我真是的……

丸戶史明

謝辭（渡航）

白鳥士郎老師、伊達康老師、田中羅密歐老師、天津向老師、丸戶史明老師。謝謝。收到各位的作品，各種情緒於我心中交織在一起。

一言以蔽之，就是多幸感。

うかみ老師、しらび老師、紅緒老師、戶部淑老師。每次看見各位的圖，我都心跳不已，被揪心甜蜜的幸福感籠罩。這已經超越戀愛了。連愛都無法形容的滿心謝意及感情 on Parade 了。真的十分感謝。

Ponkan ⑧神。謝謝神。3Q神。感謝神。請多指教神。

責編星野大人。謝謝您！放心，下次一定能輕鬆搞定啦！呵哈哈！

GAGAGA編輯部的各位，以及同樣提供諸多協助的各家出版社，十分感謝各位向各作家、插畫家邀稿，協助編纂本書。

在此致上深深的謝意。

以及各位讀者。如同這個短篇小說集企劃，果青的世界依然在繼續擴展，都是多虧大家的支持。

多虧有你拿起這部作品閱讀，我才會至今仍在寫作。真的滿懷感激。謝謝。因為有你，才有果青的存在！

接下來讓我們在《果然我的青春戀愛喜劇搞錯了。短篇小說集3　結衣ｓｉｄｅ》見面吧！

二月某日　字數ＭＡＸ頁數ＭＡＸ手中的罐裝咖啡也是ＭＡＸ　渡航

浮文字

果然我的青春戀愛喜劇搞錯了 短篇小說集(2) ONPARADE

(原名：やはり俺の青春ラブコメはまちがっている。アンソロジー(2) ONPARADE)

作者／渡航 等人　封面插畫／ponkan⑧ 等人　譯者／Runoka
執行長／陳君平　榮譽發行人／黃鎮隆
協理／洪琇菁　國際版權／黃令歡、高子甯、賴瑜妗
執行編輯／石書豪　美術主編／李政儀

出版／城邦文化事業股份有限公司 尖端出版
臺北市南港區昆陽街十六號八樓
電話：(〇二)二五〇〇—七六〇〇　傳真：(〇二)二五〇〇—二六八三
E-mail：7novels@mail2.spp.com.tw

發行／英屬蓋曼群島商家庭傳媒股份有限公司城邦分公司 尖端出版
臺北市南港區昆陽街十六號八樓
電話：(〇二)二五〇〇—七六〇〇(代表號)
傳真：(〇二)二五〇〇—一九七九

中彰投以北經銷(含宜花東)／楨彥有限公司
電話：(〇二)八九一九—三三六九
傳真：(〇二)八九一四—五五二四

雲嘉經銷／智豐圖書股份有限公司 嘉義公司
電話：(〇五)二三三—三八五二
傳真：(〇五)二三三—三八六三

南部經銷／智豐圖書股份有限公司 高雄公司
電話：(〇七)三七三—〇〇七九
傳真：(〇七)三七三—〇〇八七

一代匯集／香港九龍旺角塘尾道六十四號龍駒企業大廈十樓B&D室
電話：(八五二)二七八三—八一〇二
傳真：(八五二)二七八二—一五二九

馬新經銷／城邦(馬新)出版集團 Cite(M)Sdn.Bhd.
E-mail：Cite@cite.com.my

法律顧問／王子文律師 元禾法律事務所
台北市羅斯福路三段三十七號十五樓

二〇二一年五月一版一刷
二〇二四年四月一版三刷

■中文版■

郵購注意事項：
1. 填妥劃撥單資料：帳號：50003021戶名：英屬蓋曼群島商家庭傳媒(股)公司城邦分公司。2. 通信欄內註明訂購書名與冊數。3. 劃撥金額低於500元，請加附掛號郵資50元。如劃撥日起 10～14日，仍未收到書時，請洽劃撥組。劃撥專線TEL：(03)312-4212 ・ FAX：(03)322-4621。E-mail：marketing@spp.com.tw

國家圖書館出版品預行編目資料

果然我的青春戀愛喜劇搞錯了anthology. 2 : ONPARADE / 渡航 著 ; Runoka譯 . --初版.
--臺北市：尖端出版, 2021.05　面 ; 公分.--(浮文字)
譯自: やはり俺の青春ラブコメはまちがっている。
アンソロジー : オンパレード
ISBN 978-957-10-9998-9(平裝)

861.57　　110004642